夫君別作妖 1

文創風 1217

霧雪燼 著

目錄

序文

霧雪燼

這本書的靈感來自一個女配覺醒和真假公主的梗。

出於個人的愛好，所以就給女主角李姝色安排了個大反派的惡毒正妻身分，然後覺醒、努力賺錢的同時，感化反派。

這裡比較打動我的點，在於男主角一開始對女主角十分厭惡，然後看到她的轉變，再慢慢動心，大約人類的本質就是口嫌體正直吧。

在寫這本的過程中，特別是女主角公主身分的揭露，一波三折。讀者也在猜，女主角的母親會不會認出她來，在猜假公主什麼時候被識破身分，在猜假公主又在作什麼妖，最後自作自受的下場是什麼。

每天最開心的事就是看讀者盲猜劇情的評論，有的時候，反而是這些評論成就了這本書，讓我沒有考慮到的地方變得更加完善。特別是關於女主角母親為了保護女主角而不去相認的想法，也是在與讀者的互動中一步步完善。

寫文過程中，想到一些新奇的點和梗就會很激動，會立馬打開手機備忘錄記下，如果手頭正好有紙筆，那就更好了，因為我個人會覺得手寫比打字來得更有感覺。

開始寫稿前，查了有關科舉考試的資料，依舊也是手寫抄下來，光是這些資料的記錄就用了好幾張紙，寫完後也沒捨得扔，總覺得我只要繼續寫下去，就會一直保留查到的資料。
寫這本小說讓我學習到很多，最大的收穫就是堅持。
我會一直一直堅持下去，為了心中的夢想！

第一章　穿書

「咯吱——」

一聲聲響驚醒了牢房裡趴在雜亂無序稻草上的人。

她眼睛還未睜開，就聽到耳邊傳來兩道聲音。

其中一個恭敬禮貌。「沈秀才，您有一炷香的時間。」

「有勞，獄頭大人。」

後一道聲音清冽，如清風拂過耳畔，不卑不亢，卻也讓人聽不清喜怒。

李姝色就是在這個時候睜開了眼，眼前一片模糊，重重眨了一下後，才看清眼前的景象：一襲白色長袍，一雙白底布靴。

映入眼簾的是看起來有些粗糙卻乾乾淨淨的鞋面。

就在她細細觀察的時候，那雙鞋在她眼前站定，隨後鞋子的主人緩緩蹲下。

李姝色眼皮上抬，看見一張陌生的驚豔絕倫的臉。只不過這人的額頭，被一塊白布重重纏著，布條中央一抹紅，呈暗紅色，凝固的血塊襯著白皙的面龐，格外刺眼。

對上她矇矓迷茫的一雙眼，男子的眼眸卻幽黑如一潭深水，深不可測，僅對視一眼，就讓她無所適從。

他無疑長著一張俊美的臉，精緻的桃花眼，好看的下頷，薄唇紅中浮現一抹白，瞧著雖有些憔悴，眼中的壓迫感卻未減分毫。

在她愣怔打量的目光中，他不再像之前對外人那般彬彬有禮，開口就是極度刻薄的話。「居然沒死成？」

李姝色的腦子一下子炸開，許多不屬於她的記憶湧現，她喉嚨一緊，手指無意識地握著身下的稻草。

所以，她這是穿……書了？

她還未消化完，就聽到旁邊的牢房傳來男子的怒吼聲。「沈峭，你別嚇唬她！有什麼事沖我來！」

李姝色嘴角抽搐了下，試問有比自己的「姦夫」質問自己「親夫」更抓馬的事嗎？

還有啊，隔壁的，你喊什麼喊？

眼前這位以後可是大魏未來權傾天下的冢宰，還是書裡跟男主拚死拚活到最後的反派，你惹他？

你是嫌命長還是怎麼的？嫌命長也別拉上她啊！

沈峭對男子的無能怒吼置若罔聞，伸出乾淨的手一把掐住李姝色的下巴，迫使她素白的小臉仰起，語氣依舊冰冷。「我全家待妳不薄，妳也是村裡有些風光的秀才娘子，為何貪心不足，與旁人苟且，還要我的性命？」

他的眼中只有厭惡沒有恨，有愛才會有恨，他只是單純厭惡眼前這個人，看她如螻蟻一般握在他手中，他恨不得就此掐死才好。

李姝色迅速理了一番劇情，沈峭說得沒錯。「她」的確欲與旁人，也就是隔壁地主家的傻兒子私奔。因為她受夠了農村生活，知道那傻兒子有錢，所以就攛掇他私奔。卻不想，被沈峭抓了個正著，她怒極怕極之下，趁他不備，拿起石頭就往他頭上狠狠砸了下去！

那一下，差點要了他的命！

看原主辦的事，就知道不是什麼正派人。

沒錯，她就是書中沒幾筆著墨，寥寥帶過去的反派權臣沈峭的惡毒妻子。

這個炮灰角色的存在，就是眼前這位光風霽月、芝蘭玉樹一般男子的磨刀石，也是促使他野心迅速膨脹的源頭。

李姝色咬緊了後槽牙，所以她上輩子是幹了什麼壞事，才會出車禍來到這具書中人物的身體裡？

下巴的刺痛將她思緒拉回，李姝色低垂著眼珠，小聲道：「你弄疼我了。」

聽她這麼一說，隔壁的地主傻兒子直接炸了。「你放開她！阿色砸得還是太輕了，她怎麼沒把你砸死！」

李姝色心想，求求這個豬隊友，趕緊閉嘴吧！

果然，聽見隔壁的聲音，男人眼中眸色更深，厭惡更甚，像是碰到了什麼髒東西一般，迅速放手，用袖子一點點地將自己手指擦拭乾淨。

正所謂識時務者為俊傑，男兒有淚不輕彈……但她是女兒家，所以流些淚也沒什麼。她背部抖動，眼淚跟預演好了似的，倏地就流下來，白嫩的手指上前一步抓住男人的衣袍，卻也不敢抓住很多，只抓住一角，就哭了起來。「夫君，我錯了！我真的錯了！」

沈峭無語，地主傻兒子則睜大了眼睛。

穿書第一條，保命最要緊，她可不想落得個五馬分屍的下場！

李姝色手指越發抓得緊，直至指尖泛白。「夫君，我並沒有要和張孝良私奔，是我一時起了玩心，想要他帶我出去玩，怕你不同意，所以才半夜和他相見……我也不是故意要砸傷你的，你那個時候很生氣，我很害怕，不知怎的，我手裡就多了塊石頭，我就……」隨後，哭得更加真情實意。「夫君，我錯了！我真的錯了！給我一百個膽子，我也不敢與人私奔，並且謀殺親夫啊！」

雖然不知道經此一遭，原主是怎麼逃脫死劫的，但是書中對「她」的描寫是「瘸著一條腿，姿勢怪異地走動著」。

所以，她如果不肯服軟，可就廢了啊！

在古代，與人私奔就要被浸豬籠，再多一條謀殺親夫的罪名，她就是被凌遲也不為過。

她哭得真心實意，男人的眉頭卻皺起，不動聲色地撥開她的手，向後退一步，居高臨下地看著她。「妳叫我什麼？」

這句話把她問住了，敢情她剛剛被自己「狡辯」了那麼多字，他就只聽進去「夫君」二字？

李姝色氣結，止住了哭聲，抽泣且軟軟地喊了一聲。「夫……夫君。」

古代是這麼喊的吧？電視劇裡也這麼拍的啊！原著女主也這麼喊男主的，男主心裡可高興了呢。

但沈峭不是男主，他聽了只是沈聲怒斥。「休要喚我夫君！」

「可是……」李姝色撐著自己的身子，慢慢從地上爬起來。「我們不是夫妻嗎？」

沈峭不知是怒極還是惱極，耳尖居然有一抹紅，一甩袖，冷聲道：「妳聽著，這是我最後一次護妳。」

說完，也不等李姝色開口，就轉身疾步離開。

李姝色看著他的背影，陷入沈思。

他剛剛那話是什麼意思？所以書裡原主只是斷了一條腿，而沒有喪命，其實是他的功勞？

她雖然想活命，但也不想斷腿啊！

李姝色沈思的時候，面無表情，眼中流轉著令人心驚的眸色，張孝良看了，心中一跳，握著木欄杆，低低喊了一聲。「阿色。」

李姝色這才正眼瞧了他一眼，張孝良因著身在地主家，所以被養得胖乎乎的，又因著有些呆頭呆腦，做起事來也根本不考慮後果，心中更是半點城府都無。所以，他才會被原主利用。

原主本來還想趁他睡著，偷走他的銀子，踹開他獨自奔向她心心念念的京城。

但人傻歸傻，對原主的情誼卻是真，這對於看慣人情涼薄的李姝色來說，有些可貴。

所以，她也有心想要拉他一把。

李姝色幾步上前，站在他跟前，語氣鄭重地問：「張孝良，你知道我們現在的處境嗎？」

傻乎乎的張孝良點點頭。「是我不好，害得我們被抓進來，不過妳別擔心，我爹一定會把我們給救出去的！」

傻子就是傻子。他爹是他爹，又不是她爹，怎麼會救她？只怕恨不得她死，他好能夠替自家兒子挽回點名聲吧。

不過，這兩個人也的確是蠢，私奔不走小路，偏跑官道，沒跑多遠就被官差們逮住，被關進來。

李姝色知道跟傻子講道理也講不清，只能換一種思路說：「張孝良，接下來你要聽我的，如果你想要讓我活命的話。」

震驚！鍾毓村那鼎鼎有名的沈秀才，他新婚不久的妻子居然跟同村張地主家的傻兒子私奔了！

那毒婦居然還打傷了沈秀才，如今那一雙狗男女就被關在縣衙的牢獄裡，今天青天大老爺就要開審了！

要說這沈秀才也是百年難得一遇的天才。他五歲習書，雖然開蒙晚，但是在縣試中就展現了極高的天賦，奪得童首。

原本他家境貧寒，根本上不了學，可是縣令愛才，不忍人才埋沒，便資助他繼續上學。

後來，他也不辜負縣令的指望，通過府試，成了鍾毓村唯一的秀才。

據說，今年還要參加八月秋闈，如今卻出了這檔子事，實在是老天無眼啊！

外面的流言紛擾，在牢裡的李姝色卻能享受獨居一隅的安靜。

她昨晚都沒有睡著，旁邊的張孝良卻睡得很香，打了一晚上的呼嚕。

後來，她忍無可忍之下，朝他身上砸了塊石頭。

他被驚醒後，喊了一聲她的名字，翻了個身又繼續睡去。

李姝色就這樣靠牆坐了一夜。

她是死過一次的人，不想忍受再死一次的痛苦，雖然她不解為何會穿書，但是老天既然又給了她一次性命，她就應該珍惜。

原著對她的寥寥幾筆敘述中，她只看到了沈峭摟著新婚公主，兩人調笑著看她這個昔日前妻被五馬分屍的字眼。

她摟著胳膊抱緊自己。看來不只眼前這一劫，後面還有大劫在等著她。

當初升的陽光透進窗戶，灑下第一縷陽光的時候，牢房的門鎖再次被人打開。

獄卒喊道：「張孝良，李姝色，出來吧！」

李姝色在現代沒有打過官司，但是在電視劇裡看過古代公堂。之前透過電視她只覺得好奇，如今身在其中，心裡不安極了。

原主真的給她扔下了個大爛攤子！她究竟要怎麼走才能把死局盤活？這可是要女子三從四德、以男子為尊的時代……

李姝色無奈扶額，面對正襟危坐的縣令，上前兩步，彎膝跪下去。「民婦李姝色拜見大人。」

縣令名叫陳義，據說本是京城當差的，後來不知因何緣故被貶到這寶松縣當縣令，看他面相，就知道是個極端正的人，他也極受這裡百姓的愛戴。

沈峭就站在一旁，聽見李姝色說話，桃花眼一動，轉向了她。但也只看了一眼，就移開了視線。

李姝色身旁的張孝良，看見陳義，骨子裡還是有些畏懼的，瞄了站在一旁的爹娘一眼後，才抖著聲音開口。「草民張孝良，拜見青天大老爺。」

陳義看著堂下跪著的私奔二人組，眼中閃過一抹厭惡。

他極看重的後生，就等著他進京趕考，考取個功名回來，未料被眼前這對狗男女戴了頂綠帽，此後的人生可能就要被眼前這兩個污劣不堪的人染上黑點！

陳義重重拍了下驚堂木，厲聲問：「你們二人可知罪？」

一上來就問罪？問的什麼罪，大家心知肚明，如果這罪真的定了，她今天就別想毫髮無傷地從這裡走出去！

李姝色臉色一白，斟酌地開口。「民婦與夫君吵架拌嘴，夫君讓著民婦，卻不想民婦得寸進尺，一不小心竟砸傷了夫君的額頭……」

她深拜下去。「民婦知錯，請大人看在民婦尚且年幼，並且是初犯的分上，就饒過民婦這一回吧。」

陳義眸光一厲。「吵架拌嘴？難道妳不是與妳身旁的男子私奔被發現，才怒而想要殺了妳的丈夫嗎？」

李姝色身子一抖，再抬起頭時，眼中已然是淚水溢出。「大人，民婦冤枉，民婦自小便知三從四德，怎麼可能會與人私奔？」

陳義冷哼一聲。「妳竟敢狡辯？旁人都看見你們二人拉拉扯扯，分明是要私奔的架勢！」

李姝色卻不慌不忙地回道：「大人明鑑，那時我不小心傷了夫君之後，正巧看見張孝良經過，六神無主之下，才讓他帶著民婦去縣城裡找大夫。民婦與張孝良乃是偶遇，不是私奔！」

這套說詞自然是她想了一夜而準備的。她之所以能夠睜眼說瞎話，當然也是因為昨天沈峭的那句「最後一次護著她」。

雖然，她並不知道他能縱容她到何種地步，她便不怕死地在他的底線上蹦躂。

反正，她應了這罪名，就是死路一條，何不放手一搏，給自己博得一條生路？

第二章　護著

李姝色看了身旁的張孝良一眼，張孝良也跟著道：「對！我就是外出如廁時，看到了沈娘子與沈秀才吵架，看到她不小心傷了沈秀才後，哭鬧個不停，我才好心帶著她來縣裡找大夫！」

「是啊，大人，您想想看，如果我們是私奔，為何不走小路偷偷摸摸地進城，而是大張旗鼓地走官道呢？」李姝色接著道。

其實李姝色也在賭，那就是事發時，在場就三個人。她和張孝良只要串通好，誰也不能說他們是在說謊。畢竟，古代又沒有監視器。

陳義氣得鬍子一翹，怒道：「真是巧言令色，明明是你們私奔，卻被你們狡辯成這般！」

隨後，他看向沈峭，眼光柔下來說：「沈峭，你來說，具體怎麼一回事。」

李姝色的心立馬高高提起，手指無意識地抓著衣袖，使勁地捏著。

她的謊已經說到這種地步，還把這番話跟張傻子重複了好多遍，重複到傻子都知道她編造的故事是怎麼一回事了。

沈峭他……應該聽得出來吧？可別在這個時候打她的臉啊！

她偏過身子，眼眸抬起，楚楚可憐的目光仰視著他，眼底瀰漫著希冀與渴求。

沈峭低垂著眼，倒是第一次看見她這種眼神，她可能真的是知道怕了吧。

他輕咳一聲，擲地有聲地說：「大人，的確是李姝色砸傷了我，我們之間也的確鬧了點矛盾，不過是些夫妻間的口角罷了。」

陳義皺眉不解。「不是私奔？」

「不是。」

陳義欲言又止。「可是，外面傳的都是說他們……」

自覺口誤，他便連忙住了嘴。

傳聞豈可為真？若是真為了幾句傳聞就定了一個人的罪，那麼他還算是什麼青天大老爺？

陳義的話剛止住，一直沒機會說上話的張父就搶先說：「大人，外面傳那些有的沒的，您可千萬不要放在心上！草民的兒子行為端正，乃是本分老實人，怎麼可能與有夫之婦私奔？」

李姝色就知道張孝良的爹巴不得離她遠遠的，她也正有此意。「大人，此等謠傳污人清白，民婦亦是本分良家婦女，既為人婦，又怎麼可能與旁人牽扯不清？」

李姝色這話說得在情在理，可就是太過在情在理了，聽在沈峭耳裡，卻是格外怪異。

在今天之前，他可不知道她有這般好口才，過往她說出的話都是粗鄙不堪，他們正是因為話不投機半句多，才至今沒有圓房。

陳義此前沒有見過李姝色，一開始還想著這秀才娘子能有多污穢不堪，卻不想說起話來條理清楚，完全不像是個無知婦人。

「李氏，本官聽妳言語，看妳有幾分見識，可千萬不要在本官面前耍心眼！」

李姝色應聲。「大人，民婦的丈夫是秀才，平時聽他讀書多了，自己也能跟著明白一些道理，絕對不會做出不守婦道、謀殺親夫的事。請大人明鑑。」

雖然李姝色知道原主是怎麼回事，沈峭也知道，但是他們如今統一說法，沈峭否認私奔一說，那麼私奔就成了實打實的謠傳。既然是謠傳，那就無法判罪。

李姝色心中鬆了一口氣，或許這關是過了？

但還沒等她放鬆，就聽見陳義說：「李氏，雖然妳沒有與人私奔，但是妳砸傷自己丈夫是事實，妳待如何說？」

哦，原來原主斷了一條腿是為這個？

沈峭雖然幫她洗脫私奔外加謀殺親夫的罪名，卻不想幫她洗脫傷人的罪名，所以她死罪可免，活罪難逃。

李姝色額頭的冷汗都快要下來了！她知道古代有打板子這一說，卻也不知道是怎麼樣的板子，竟然能活生生打斷一條腿！

她直接跪著上前一步，一把抱著沈峭的大腿，聲淚俱下地喊著。「夫君，我錯了，我以後再也不敢忤逆你了！以後一定好好伺候你，並且好好孝順公婆，再給你添個一男半女，以後我們兩個好好過日子，好不好？」

正所謂，清官難斷家務事，夫妻床頭吵、床尾和，想來縣令也不能拿她怎麼樣。

她嗚嗚地哭著，臉色脹得通紅，任誰看了，都篤定這是一副誠心悔過的樣子。

陳義見狀，手裡的驚堂木也拍不下去了。他要真治罪，小倆口反過頭來，還不得心裡怪他？

猶豫不決之下，他又問：「沈峭，你以為呢？」

面對這個自己極看重的後生，陳義比對待旁人多了幾分耐心。

沈峭看著這個死死地抱著他大腿不放的人，心中更加添了幾分疑惑。

她什麼時候這麼有能耐，幾句話就打消了陳大人的顧慮，又裝腔作勢一番，讓他陷入如此境地？

原諒又如何，不原諒又如何？他又不能休妻，爹娘那一關就過不去。

既然不能休妻，還能如何？

自然是原諒……

沈峭眼神一沈，自己貌似被她給擺了一道？

他本意只是想要留她一條命，好跟爹娘交差。

沈峭眼神越沈，說出的話就越平。「大人，賤內不懂事，讓大人費心了，等我帶回去，會好好管教的。」

陳義見沈峭鬆口，也不糾纏，一拍驚堂木道：「既然如此，沈峭不予追究，就免去張李二人的罪責，你們各自回家，好好服從管教吧。」

這句話猶如天籟，死死抱著沈峭大腿的李姝色立馬撒手，跟著張孝良一起磕頭。「多謝大人。」

張孝良臨走時，還想和李姝色說話，卻被他娘一把揪住耳朵，硬生生地扯出門。

張孝良一口一個「娘，疼」地叫喚著，他身後的張地主深深地看了李姝色一眼，隨後一甩袖，沈著臉跟著離開。

李姝色站起身來，抹了把眼淚，有些忐忑地朝沈峭看一眼。

她的確是利用沈峭要留她一條命的心理，然後示弱討好，將他給架在道德制高點上，不得不原諒她。

在外人面前，他的確是原諒她了，但是背地裡……

她在他眼中是個什麼樣的人，他心裡可是門兒清。

李姝色躊躇地開口。「夫君，我們也回去吧。」

沈峭定定地看她一眼，好似要看什麼牛鬼蛇神現身般，看得李姝色心驚肉跳。

眼前這位可是反派大佬，她這點心眼估計在人家眼裡都不夠看。

她嚥了口口水，隨後又低下頭，乖巧地盯著自己的腳尖，低聲道：「夫君，我剛剛說的都是真的，我真的知錯了，我以後再也不會像從前那般對待你了。」

除了生個一男半女外，她心裡就是這麼想的。

反正她只要扮好這個前妻，將來他尚的可是公主，自然是要休掉她這個累贅。她只要到時候，討得一紙和離書，如果他夠大方，再給她一些贍養費，那她今後的小日子就能過得快活了！

當然了，扮好前妻的第一步，就是拉近與沈峭之間的關係。

李姝色抬眸，看著沈峭悶不吭聲獨自離開的背影。

這貌似……有些難啊！

不是有些，是很難。

李姝色從來都不知道這世上居然還有丟下自己妻子，獨自走在前頭的男人。她也從來沒有走過這麼遠的泥路。而且，她昨天晚上只吃了點牢房的剩飯，今早就一碗稀粥，碗底才見幾粒米的那種，她現在實在餓得沒有力氣了！

剛剛看到張孝良他娘揪著他的耳朵進了馬車，一眨眼的工夫就在他們眼前消失不見。

她看得十分豔羨，也想念現代的交通工具，哪怕是一輛共用單車也是好的。

她頗有些怨念地看向獨自遠去的背影。明明兩個人走一樣的路，但是他走起來就格外輕鬆，身形挺拔，寬肩窄腰，滿頭青絲垂至腰際，白色髮帶隨風而動，頗有幾分清新俊逸之感。

她扶著腰，找了個木樁坐下，邊捶著自己小腿，邊朝著完全沒有停下來的背影喊道：「夫君，你回頭看看我！」

嗚，要不是不認識路，她才不會喊他呢。

沈峭腳步一頓，猶豫了三秒後，還是緩緩轉過身子，面無表情地朝她走近。

李姝色等他站定後，覥著天真的小臉問：「夫君，我們還有多久才能到家？能不能在此歇一歇？」

沈峭輕哼。「依照妳這速度，天黑都不一定到家。」

這麼遠？

李姝色立馬耷拉著小臉。「不管不管，我累了，就要歇一歇，夫君也找個木樁坐下吧！」

沈峭聞言，沒有聽她的，反而微微彎下腰，黑白分明的眸子邊打量她，邊說：「娘子太會演戲，我不知道妳此刻是不是裝的。」

李姝色一愣，心中默默吐血，她累成這個樣子能是裝的嗎？

她咬著牙，腳往前一伸，將褲子微微拉起，露出被鞋子磨出血的腳後跟，委屈地說：「夫君你看，我腳後跟都磨破了，怎麼可能是裝的？」

白色的襪子上的確有塊血污，是剛染上去的，還鮮紅著，隱隱有血滲出。

沈峭只淡淡瞥一眼，沒有放在心上地說：「我只等妳半盞茶的工夫。」

李姝色暗道，竟然對她厭惡至此，就算是個陌生人也該關心兩句吧，更何況她還是他的娘子。

當然了，她也有自知之明，只脫掉鞋子，將袖子撕下一截布條，將腳踝的傷口處仔細地纏起來。

等會兒再走路的時候，大概不會被二次磨傷。

她做這動作的時候，沈峭就在一旁看著，見她大刺刺的脫鞋動作，眉頭不由得皺起。再見她乾淨俐落地包好傷口，並且輕揉小腿的時候，他的眉頭才漸漸舒展開。

與此同時，李姝色感覺到有視線落在她的身上，猛地抬頭，就對上沈峭一雙好看的桃花眼。

他怎麼一直看她？難不成她臉上有什麼髒東西？

沈峭率先移開視線，有些失態，手指緊了緊。

他今天似乎停留在她身上的目光過多了。

看她剛剛的行為，就如從前一般毫無規矩可言，卻又與從前不同。從前她行為粗鄙，言談更是粗俗，但她剛剛並沒有讓他感到半分不適，他竟看完了全程？

李姝色見沈峭眸光移開，心中不由得打鼓，畢竟她現在腦子裡可是有原主記憶的，知道他們之間的相處模式不是這樣。

原主對沈峭動輒辱罵不休，前不久還動手了，否則沈峭也不會恨到將原主五馬分屍。但是要她依照原主的性子，一上來就對沈峭頤指氣使，瞪眼辱罵，形如潑婦，她也做不來。

然而，她不做，依這位大佬的眼力，要是發現她身體裡面換了個人，估計也不能成。聰明如他，說不定就以此為由，想要提前擺脫她，更甚者，再說她是妖孽附體，一把燒了她，她就真死得冤枉到家了。

她輕輕咳了聲，規規矩矩坐著，仰頭對沈峭說：「夫君，我想要和你說件事。」

她這副樣子極其乖巧，更沒有什麼攻擊性，聲音軟軟的，讓人如同踩在棉花上，眼巴巴看著自己的樣子，活像隻小兔子，讓人忍不住想要捏住她的後頸，抱進懷裡逗弄。

沈峭突然後退一步，被自己的想法給嚇到了，面色卻是不變地道：「何事？」

見他如此躲閃的樣子，李姝色氣結，難不成她是瘟疫，他連靠近都嫌髒？

按捺住小心思，她繼續軟語溫言地說：「夫君，其實昨日我已死過一回，在死之前，腦袋裡將之前的事走馬看花了一遍，才發現之前的種種都是我的不對，在此我跟夫君道個歉。」

沈峭聽著的同時，腦子卻閃過昨日發生的事。

他在醫館從昏迷中醒來，獄卒就拉著他往牢獄走，說他的娘子沒了氣息，要不要把屍體給領回去。他本不欲管，想等過兩天再說，但是一想到家中父母，便無奈跟了上去。

當快要到牢門口的時候，又跑出來一個獄卒，說他的娘子又活過來了，沒有死。

沒有死成？這可真是件稀奇事，人怎麼可能死而復生？

他現在懷疑，那是當時她要見他的藉口，果然她見到他後，就開始巧言令色，賣乖求饒，求他放她一馬。

她不知道的是，他原本也打算放她一馬。

沈峭耳邊又傳來她忐忑又略帶討好的聲音——

「我以後不會再任性胡為，再也不會對你出言不遜，也不會對爹娘不恭敬……」

她的話還沒有說完，就被他冷聲打斷。「夠了！妳若還敢對爹娘不恭敬，我一定會休了妳。」

李姝色的心跳了下，他咬牙切齒的聲音，怎麼看都不像是要休了她，而是要殺了她啊！

她縮了縮脖子，嚴重懷疑她今天是不是對大佬過度表達忠心，繼而引起大佬厭煩了？

她立馬識趣地閉上了嘴巴。

第三章　辯駁

接下來一路都沈默無語，李姝色跟在沈峭身後，保持一定的安全距離。

剛剛就提了嘴「爹娘」，不知道是觸及了大佬的什麼逆鱗，竟然臉色比之前更沈，渾身的冰冷氣息更甚，就連帶路的腳步也加快了。

李姝色像是一個受了欺負的小媳婦，一聲不響地跟在他身後，不敢作半點妖。

直到她看到村門口石碑上「鍾毓村」三個大字時，她才長長吐出一口氣。

終於到了！

然而，還沒等她吐完氣，就瞧見不遠處黑壓壓地站著一群人，看樣子應該是村裡的村民。李姝色還沒來得及將人臉和人名對上，就發現他們的目光似乎並不友善。

是的，很不友善，而且這不友善的目光明確地對準她。

不知是不是死過一次的緣故，她現在對危險的敏銳度提升不少，見來者不善，李姝色下意識地往沈峭身後靠了靠。

沒辦法，她就是個弱女子，又打不過眼前這群人，而且沈峭在村子裡極富盛名，背靠大佬好乘涼嘛。她現在完全忘記，大佬之前說最後一次護她的這句話。

她還沒靠過去幾秒，就看到大佬直接向村民們走過去，一點停留的意思都無。

李姝色無奈，只能硬著頭皮跟著他走過去。

對面所有人的視線都落在她身上，看得她頭皮直發麻，尷尬地伸手跟著沈峭一起打招呼。「村長，爹，娘，叔叔、嬸嬸們，你們都在啊。」

沈峭的爹娘，此刻就站在她面前。

老倆口的根不在這裡，據說當年他們家鄉發生旱災，老倆口不得已背井離鄉，後來一路漂泊到這裡，才在這裡扎根。

而鍾毓村大多數人家都姓張，沈姓是獨一份，真真實實是個外姓。

沈峭的顏值擺在這裡，他爹娘的臉上也可以辨得幾分年輕時的風采，而他那雙灼灼的桃花眼，與沈母如出一轍，只不過沈母的眼角多了幾條歲月滄桑的細紋。

李姝色腦中又閃現過去原主指使老倆口幹活，甚至還推過沈母的片段，手指不安地動了動。怪不得啊，剛剛她一提沈父、沈母，沈峭就突然動了氣。

不過說來也怪，原主這麼鬧騰，沈父、沈母只是一味縱著，還不讓沈峭休妻，這裡面怎麼處處透著蹊蹺二字？

李姝色先把這想法按下，聽見沈母率先說：「哎，你們回來了，大夥兒有些不放心你們，特地在這裡等你們，還不快些感謝大夥兒。」

李姝色一聽，就知道沈母是在打圓場，自然而然地應道：「是，娘。」

沈母眼中閃過一絲詫異，兒媳婦居然喊她娘？以前不是人前人後都喊她老婆子嗎？

李姝色這邊剛應完，村長就摸了一把鬍鬚，站出來厲聲道：「李姝色，妳好大的膽子，既為人婦，又不安為人婦，與旁人私奔，妳可知罪？」

她一聽，心中咯噔了下，她知道在這古代，村有村規，往往可以凌駕於法律之上，來處決一個人。

那股不安的感覺也落到了實處，原來她逃過公堂一劫，還有這一劫在這兒等著她呢！

李姝色吞了口口水，說：「我不認，村長你莫要輕信謠言，我雖是個婦人，但也知道禮義廉恥四個字，怎麼會與人私奔？」

「我呸！妳個賤蹄子，妳還知道廉恥？妳以為跟著沈秀才，會兩句文章，大家就信妳了嗎？」人群中傳來一道怒罵聲。

李姝色頓時皺起眉頭，朝著罵她的婦人看去。

那婦人個子不高，略顯福態，吊梢眼，顴骨高，瞧著就不好對付的樣子。

她身邊還站著一位身穿嶄新襦裙的姑娘，眉目生得倒是清秀，只不過眼神倨傲，有種高高在上的姿態，在一眾穿著舊衣、打著補丁的村民中顯得格格不入。

李姝色迅速將人名與臉對應上，女孩名叫張素素，旁邊的人是她娘張二嬸子。

張二嬸子實在罵得難聽，不知道的人還以為是她家兒媳婦與人私奔了，實則李姝色所在的沈家與她家根本毫無關係。

只不過張素素一心愛慕沈峭，對誰都冷淡的她，清冷的眸子投向沈峭的時候，總是多了許多溫情。

有了張二嬸的開頭，人群中附和的人很多。

「對！可不能讓這樣的人敗壞我們鍾毓村的村風！」

「這樣不守婦道的女人就應該浸豬籠！」

「謀殺親夫，蛇蠍心腸，簡直就是個毒婦！」

「老沈家的，這樣的媳婦還留著做什麼？趕緊休了，沈塘吧！」

誰能想到民風淳樸的村民，竟在村門口堵她，一開口不是浸豬籠就是沈塘，渾然不知人命在他們口中如此的輕賤！

李姝色唇色盡失，心怦怦直跳，就快要跳出來了，她下意識地朝沈峭看去。

只看到沈峭沒有表情的半張臉，額頭白布上的血跡凝成一團，刺目顯眼，桃花眼中俱是冷淡，唇色微微泛白。

他此刻一句話都不說，李姝色就明白過來，他是不會管她了。又後知後覺地想到，之前他在牢中說的那句話，那是他最後一次護她。

這分明是沈峭一句話的事，沈峭在村民中素來有威望，又是整個村子唯一的秀才，只要他說她沒有出軌與人私奔，她就能逃過這一劫。

可是，他卻薄唇難開，更多了幾分看戲的閒心。

哪怕，他身邊的爹娘在勸著他，讓他替她說幾句好話，他也難得沒有聽他們的話。

還真的是絕情啊！

就在這個時候，張素素施施然地走到沈峭面前，水眸盈盈，柔情地看向沈峭。「沈哥哥，你的額頭沒事吧？」

沈哥哥？

李姝色後背的冷汗還沒有流完，就起了一層雞皮疙瘩。

當著她的面，勾引她的丈夫，她娘居然還好意思罵她？

沈峭終於開口，淡淡回了兩個字。「無礙。」

李姝色正在尋求突破口，哪知張素素就自己撞到槍口上，她立馬逮住機會，重重咳了一聲。「喲，張家妹妹這麼關心我夫君，是想給我家做小？還是打算等我死後，好給我家夫君做填房啊？」

她這話一出，場面瞬間安靜下來。

隨後是一陣更響亮的嗓音。「妳這個小賤人在胡說八道什麼？我家素素，清清白白的名聲，妳休想玷污！」

張二嬸子連忙上前一把抓住張素素的手，將她拉著遠離了沈峭。

李姝色輕哼一聲。「有娘就是好啊，大夥兒莫不是欺負我沒有娘親？我與那張地主的兒子平時就是碰見說了幾句話，正如剛剛張素素與我夫君那般，你們就說我不守婦道，卻說她清清白白，莫不是要讓我磕死在村口的石碑上，才能顯示我的清白？」

她這話一出，鬧得最凶的那個人都訕訕地閉上嘴巴。

她可以死，但是不能以這種慘烈的方式死去，這要是傳出去，他們鍾毓村的名聲還要不要了？

沈母擔憂地看著她，眼眶泛紅地說：「我的兒啊，妳可千萬不要想不開！」

沈父的神情也有些緊張。「色兒，別胡說，我和妳娘都是相信妳的！」

他話音剛落，人群中就響起一道男聲。「那妳怎麼解釋，前天晚上妳和張孝良私奔的事，我可是親眼看見的！」

李姝色瞥了一眼，認出他是村裡的張二麻子，平時無所事事，夜裡也喜歡瞎逛，可能就是他看見原主和張孝良私奔，並且在村子裡散播的。

哦，對了，這張二麻子本來想要娶原主，但是被沈峭截胡，所以總喜歡盯著原主，妥妥地有點因愛生恨了。

李姝色冷哼一聲。「張二麻子，你要把話說清楚，到底是看到我和張孝良私奔，還是我與他走在一起。這可是兩回事！

「我不是與他私奔，是我不小心砸傷了夫君的腦袋，求張孝良帶我進城找大夫，天一亮我就可以進城將大夫帶來，並不是要和他私奔。並且，陳縣令也知道這件事，他都判我沒有紅杏出牆，你又憑什麼篤定我與人私奔，敗壞村風？」

她這話既是說給張二麻子聽的，也是說給在場所有人聽的，既然張二麻子開了口，她第二把刀自然是要對準他。

她繼續說：「還是你覺得陳縣令判得不對？你要上公堂與他辯一辯？」微微側開身子，做出請的姿勢。「慢走不送。現在走的話，再等一會兒，天亮時，城門也就開了。」

張二麻子臉上臊得厲害，支支吾吾半天，也沒說出個所以然來，脹紅著臉，不斷重複著「我就看見了」這一句話。

李姝色懶得搭理他。跳梁小丑現在都被她給滅了，但是她的危機還沒有解除，畢竟真正能拿主意的人是村長。

她對著村長，垂著眸子說：「村長，我承認砸傷夫君是我不對，這次被關進牢房，才知道我此前更是錯得離譜，以後一定與夫君好好過日子，還請村長看在我是初犯的分上，再給我一次機會。」

村長繼續摸著鬍鬚，卻沒有說話，打量著李姝色，好似在分辨她話裡的真偽，過了一會兒才語氣威嚴地開口。「妳一來不孝順公婆，二來不服侍丈夫，三來性格專橫跋扈，妳真的都知錯了嗎？」

李姝色點頭。「知錯了。」

都是原主留下的爛攤子，她這兩天都不知道向多少人認錯了。

「村長，你可千萬不要聽她的鬼話，你看她砸沈哥哥砸得多狠！不能浸豬籠，也應該要把她趕出村子才是啊！」張素素不滿地喊了一聲。

別看這姑娘年紀輕輕，心思卻歹毒，她一個無親無故、身無分文的人，被趕出村子，還能有活路嗎？

她才穿書過來兩天，連情況都沒有摸清楚，還沒有站穩腳跟呢。

李姝色抬眸，眸光瞬間迸發出強烈的壓迫感，一下子打破剛剛乖巧的模樣，盯著張素素說：「我與妳無冤無仇，為何要置我於死地？」

張素素被她問住，俏麗的臉上閃過一抹紅。「妳胡說，我哪有……」

她的話還沒有說完，一直沒機會說話的沈母突然上前抓住李姝色的手，向來懦弱的臉上此刻突然強硬起來。「誰要趕走我兒媳婦，就從我的屍體上踏過去！我的兒媳婦只能是阿色，我也只認阿色！」

張素素臉色白了一分。

沈母說了這一番豪言壯語後，又看向沈峭，大聲問道：「你說，你認不認你娘子？你還要不要她？要的話，我們一家四口現在就回去！」

好似不要的話，回去就不是一家四口了。

孝順如沈峭，如何聽不明白他娘話裡的話外音，連忙回道：「娘，我要的，您別生氣。」

「那你說，那天晚上究竟怎麼回事？」沈母又硬氣地問。

在李姝色記憶中，她這個婆婆從來沒有說過一句重話，永遠佝僂著背幹活，被原主欺負的時候，還能夠當場流下淚水，背地裡也哭過好多次。

但就是這麼一個天生膽小的婦女，在她被幾十人審問的時候，挺著胸膛站在她面前。

天知道，她這是鼓起了多大的勇氣！

李姝色都能感覺到抓著她的粗糙手掌，在輕微顫動著。

她心頭一熱，在這異世，婆婆給了她第一份溫暖，真誠而炙熱，她又想到之前原主對她的所作所為，真恨不得狠狠捶原主幾下！

沈峭眼中蒙上一層暗色。

李姝色同樣眼巴巴地看著他。

大佬，你倒是說話啊！她今天能不能活，可就聽你一句話了！

沈峭眼底一片冰涼，平淡無奇的語氣含著咬牙的意味。「兒子那天與李氏拌嘴，與她推搡間不小心摔傷了自己，隨後李氏便由張孝良帶路進城為兒子找大夫，不小心被張二麻子看見了而已。事情的經過就是這樣，陳縣令也是這麼認為的。」

案情直接從被她砸傷的，變成他自己不小心摔傷了！

真是老媽出場，一個頂倆！

沈峭這一退再退，李姝色心中卻陡然生出不安來。

他是誰？他可是全文最大的反派，睚眥必報，絕不讓步，連最後失敗都強撐到最後一刻，還想著反殺男主。

就這麼一個大佬，居然忍下了她與人私奔，還忍下了差點被砸死的恥辱？

李姝色瞳孔一縮，怎麼感覺大佬之後會更加恨她啊！

李姝色反握住沈母的手，心定了定。

怕啥，她可是有婆婆撐腰的人。大不了，和離後，她就認沈母為乾娘，沈峭即使再討厭她，總不能非得要了她的命吧。

她突然感到後頸一涼，脖子縮了縮，抬眸的瞬間，正巧對上沈峭寒氣逼人的眼。

李姝色恍若未見地轉開眼，靠得沈母更近了。

村民們聽到沈峭這麼說，就不好再過度苛責、討伐李姝色了。

說到底，這是人家的家務事，他們義憤填膺也是因為李姝色敗壞了他們村所有女眷的名聲。

如今，縣令大人都說這是一場誤會，他們自然而然也默認是一場誤會。

村長見這場景，擺擺手說：「既然縣令大人已經有了決斷，大家就都散了吧。」

眾人聞言，這才三三兩兩地離開。

村長在離開之前，還深深地看了李姝色一眼。「李氏，經此一難，以後要好好孝順公婆，恪守人婦本分，明白了嗎？」

李姝色自然乖乖應道：「是。」

第四章 換紗布

等眾人散去，一家四口才有機會說上話。

沈父第一個開口。「我們也回去吧。」

沈父其實和沈母是同個性子，優柔寡斷，實在不知這種性子的夫妻倆，是怎麼生出沈峭這個堅毅果決的人。

沈父有時比沈母還要遲疑不定，就比如剛剛，沈母能夠堅定不移地站在她身邊，沈父卻是左顧右盼，既想站在妻子這邊又不敢的樣子。全程也沒說過幾句話，一直站在沈峭的身邊，可見他只有在沈峭身邊才有安全感。

其實原主對這個公公的態度一樣不好，什麼挑柴砍柴、種地燒水這樣的工作，她都能以身子不舒服為由，讓這個公公來做。

他的態度也和沈母一樣，聽之任之，偶爾還會對原主露出愧疚的神情。

李姝色突然明白過來，她之前感覺沈父、沈母對她態度蹊蹺的點在哪裡了。是愧疚。

可是，為什麼呢？

一路跟著沈父的步伐來到熟悉的小院子前。沈父、沈母當年逃荒到這裡，也是費了好一番力氣才能在這裡安家。

小院子就由三間破敗的草房搭成，中間是堂屋，旁邊兩間是他們的臥房，左側臥房旁邊還用幾塊木頭搭了一個簡陋的廚房。

李姝色一路走來，就看到這裡大多數人家都是這般，只有張地主家不是，他家可是青磚紅瓦，高牆院落，據說還是個二進院。

她在現代社會原本也是窮苦出身的孩子，父母早亡，靠著自己的努力和社會好心人士的資助才能讀完大學。一畢業就在科技大廠工作，經歷了高工時的打拚，一心搞事業，終於在而立之年成功買房安家。

原以為可以歇一歇，辭掉科技廠的職務後，尋個輕鬆點的工作，享受生活，外加找個男人談戀愛。沒想到，居然出了車禍，來到她剛讀完的小說世界裡。

好在她這個人心態不錯，又經歷了兩次生死一線的反擊後，現在累得只想好好睡個覺。不過在那之前，她摸了摸肚子，有些無奈地喊了聲。「娘，有飯嗎？我好餓！」

她是真的餓了，此刻說話都有氣無力。

沈母看她一眼，唯唯諾諾出聲。「沒有，我和妳爹早早地等在村門口，沒有時間做飯。」說完，又小心翼翼地瞥她一眼，好似很怕她生氣。

沈父也在一旁幫腔。「色兒，妳別怪妳娘，是他們非要拉著我們去，這才耽誤了做晚飯。」

李姝色聽了，眉頭一皺。

這是公婆對兒媳說話的語氣嗎？怎麼如此彆扭啊。

李姝色張了張嘴巴，剛想要說些什麼，就被沈峭搶先道：「今晚妳做飯。」

這句話是對著她說的。

沈母連忙打圓場。「色兒不會做，我來做。」

李姝色印象中原主沒有做過飯，所以訝異。「我做？」

沈峭卻是不聽，冰冷的眸子盯著她。「記住妳說的話，娘先前被妳推得摔了一跤，今天才能下地，自然由妳來做。」

李姝色心中微驚，她怎麼把這件事給忘了？

原主為了私奔做準備，可是將這個家所有值錢的東西洗劫一空，可家裡沒幾個值錢的東西，她剛想帶點什麼走的時候，就被沈母撞見。原主惱羞成怒之下，下手就比平常重了些。

沈母這幾天一直躺在床上，沈父在她身旁照顧。

而原主就在前天晚上，趁著月色帶了兩、三件換洗的衣物就跑了。

卻不知，她的身後一直跟著條小尾巴，在她和張孝良碰頭的時候，就被逮了個正著。

李姝色現在回想起當晚沈峭令人膽寒的眼神，心裡就不由得緊了下。

她點下頭，應了聲。「好。」

沈峭這才滿意地抬腳進了屋。

做飯是一項生存技能，李姝色熟能生巧，她的手藝雖然比不上專業的五星級大廚，但是應付尋常人家的一日三餐還是可以的。

她萬萬沒有想到，第一步把她難住的竟然是灶臺生火。

讓她做飯可以，給她瓦斯爐啊！她可從來沒摸過這種古代的灶臺呀！

李姝色對著用泥巴搭建起來的老式灶臺，面有難色，這飯非做不可嗎？

腦中一閃而過大佬的臉，似乎是非做不可。

沈母自然是不放心她，進門就對她說：「色兒，峭兒在換頭上的紗布，妳去幫他吧，做飯的事，我來。」

李姝色卻是搖頭。「娘，既然我說要做今晚的飯，我就不能食言。」又一想到沈峭這個時候在換紗布，她眼珠一動，推著沈母往外走。「娘，您放心，我能搞定的，您和爹就先回房歇歇，這裡就交給我了。」

在她的好說歹說下，沈母這才有些不放心地進了屋。

李姝色則轉了個身，進入她和沈峭的房間。

一進去就看到沈峭對著銅鏡在換紗布，他剪開紗布一角，隨後慢慢將紗布繞著腦袋揭開，等揭到最後一層的時候，他的動作停住，眉頭不由得皺起。

李姝色極有眼力地上前，她不敢伸手，直接說：「夫君，讓我幫你換吧。」

沈峭連給她一個眼神都欠奉，骨節分明的手指將紗布纏緊，隨後動手一撕！

立馬露出血肉模糊的一角，李姝色都忍不住替他齜牙，再也看不下去，抓住他的手說：「別動，千萬不能硬把紗布撕開，會二次受傷的。」

此刻，她能清晰看到大佬的鼻尖冒出細碎的汗珠，還以為大佬是個不怕疼的，沒承想是大佬太能忍了。

沈峭的手沒動，也沒說話，眼神透過古黃色的銅鏡，停留在李姝色的手上，卻難得沒有掙開。

李姝色突然注意到自己居然主動握住大佬的手，後知後覺地鬆開，強作鎮定地說：「我去打盆溫水來。」

轉身走的同時，又知道他性格隱忍，不放心地補了一句。「千萬不要硬撕，你如果敢硬撕，我就告訴爹娘！」

隨後，她忙不迭地跑出去了。

她的話語消失在沈峭的耳畔，微微愣神的工夫，他居然真的沒有直接撕開。

不一樣了，真的不一樣了。這樣俏皮可愛的話，換作之前的她，是絕不會說的。

她這是轉了性，還是在圖謀別的？

桃花眼中閃過沈思，原本一個無腦跋扈的人，如今居然變得讓他有些看不透了……

李姝色再進來的時候，就看到沈峭還保持剛剛的姿勢，心中不免鬆了一口氣。

用溫水沾濕毛巾，她走上前，用商量的語氣問：「我幫你揭開紗布，可以嗎？信我。」

其實，這種情況，用生理食鹽水沾濕再取下是再好不過，但是在古代，她去哪裡找生理食鹽水？所以只能用溫水代替。

但無論如何，總比他硬撕，再扯出血來得好。

沈峭雖然不知道李姝色究竟要幹麼，但有一點可以肯定的是，李姝色似乎有些怕他，又有些討好他。

這種轉變就是在牢房她見到他那刻開始的。

怕？討好？

沈峭嘴角微勾，似乎也沒什麼不好，知道怕總比不知道怕來得好。

他鬆開手，淡淡「嗯」了一聲。

李姝色忐忑的心這才有些鬆開，沈峭如果一直對她保有戒心，她以後的日子會很難熬。畢竟同住在一個屋簷下，而且她暫時的確不能得罪他。

面前這銅鏡只依稀照出人的輪廓，一眼看去，就會看見自己歪七扭八的臉，不成人樣。

李姝色只看了一眼，就對它不感興趣。

準確地說，她看了原著對原主的描述，對自己現在這具身體的容貌就失去了興趣。

只看到這具身體的一雙眼睛瞧著還挺大，眉毛彎彎，看起來年歲不大，這是她穿過來唯一欣慰的地方，至少返老還童了。

她用濕毛巾敷在他傷口周圍，見黏接處有些鬆動後，再一點一點慢慢揭開，邊揭邊呼氣，語氣小心地說：「別動，不疼哦，就快好了。」

沈峭緊握著手指，鼻間有股屬於女人的馨香環繞，心頭突然爬上一絲異樣感覺。他像是被定住般，一動不動。

李姝色手指輕輕揭開大佬額頭上的紗布，冷不防被這黏著血絲、血肉模糊的傷疤給嚇了一跳，不由得抽了口氣。

雖然知道原主是想要沈峭的命，沒承想居然出手這麼重，傷口周圍已經結痂，但是中間依舊流著血，像是破了個窟窿。

李姝色拿起藥粉，輕輕敲擊瓶身，將裡面的粉末倒在他的傷口上。

也不知道這藥管不管用，沈峭這張臉實在長得俊俏，如果留疤就不好了。

況且，大魏對為官者也有樣貌要求，雖然不需要你長得有多周正俊美，但是起碼不能留有疤痕。

所以，李姝色對於這點還是有些擔心。

大佬有他的事業要做，若因為她出手砸傷而失去做官的資格，她豈不是徹底得罪了他？

李姝色不免面露擔憂地問：「夫君，你疼不疼？」

印象裡，這是她第一次關心他，沈峭心中的那股異樣感更重，只不過臉上沒有表現出來，而是反問道：「妳說呢？」

這不是明知故問嗎？

李姝色咬了咬下唇，快要被自己蠢哭，連忙轉移話題地問：「這藥管不管用？夫君這麼好看的臉，可不要留下疤痕才好。」

「好看？」沈峭微微蹙眉。「妳今日讓我好生疑惑。妳在眾人面前說，平時都是我教妳那般說的，可是平日裡我們倆幾乎說不上一句話，我如何教妳？還有，誰告訴妳，好看是形容男人的？」

真是稀奇，沈峭居然跟她說了這麼長的一段話。還以為他就只會冷言冷語，或者「嗯」個兩聲。

李姝色聞言，臉不紅、心不跳地扯謊。「自然是背地裡留心夫君讀的書，況且夫君可是秀才，沾了夫君的光，我可是秀才娘子，總不能說出的話像個無知婦人吧？」

說話的間隙，她手中的動作也未停歇，只不過心卻跳得很快，很怕眼前這位大佬看出點什麼。

沈峭聽了沒說話。

李姝色又繼續說：「我在這個家也待了十多年，夫君可曾聽過耳濡目染？從前是我不願意改變，如今我樂意改變，自然脫胎換骨，與從前不同。」

沈峭這次終於有反應，輕笑一聲。「那妳還挺聰明，只是聽我讀書，就能明白些大道理。」

人。

她說的話，沈峭半信半疑，他從未碰見過轉變這麼大的人，更何況是他從小看著長大的人。

李姝色默認地「嗯」了聲。她自然是聰明人，從小到大，每逢考試，只要有排名，她總是排第一的那個。要不是這該死的古代不讓女子科舉，她定要和沈峭一起去秋闈，分個高下出來。

她記得原著提過一句，沈峭最後是中了狀元，這才入了公主的眼。才子佳人，當真是段佳話。如果沈峭沒有要她命的話。

李姝色將紗布打了個結，聽見沈峭說：「這藥是縣令大人給的，我的傷很快就會好。」

她輕輕吐出一口氣。「縣令大人果然看重夫君，夫君一定高中，這才不辜負縣令大人對你的期望！」

「妳覺得我會高中？」沈峭正了正被她紮得有些不齊整的紗布邊緣。

李姝色連忙應道：「是啊！俗話說，萬般皆下品，唯有讀書高。夫君日後一定出人頭地。」

一代權臣，一國冢宰，手裡染了不知多少人的鮮血，也不知是多少人的惡夢。最終也隨著自己的慾望，大廈傾塌，一敗塗地。

不過，那都是之後的事了。現在他這個年紀，有些稚嫩，李姝色雖怕，但打心眼裡將他當弟弟照顧，就如同剛剛換紗布般。

修剪齊整的手指理好邊緣後，他又將藥瓶收好，什麼話也沒說，就拿起旁邊的書。

李姝色明瞭，這是在無聲地趕她走呢。

她將蠟燭拿得離他近些，溫聲說：「夫君，你仔細眼睛，我先去做飯，做好後叫你。」

說完，也知道他不會給一點回應，便轉身離開了。

沈峭多疑，剛剛的對話，半是詢問，半是試探，他或許已經懷疑她，一個人再怎麼變也不會變成另一個人。

但是那又如何，他現在又沒有以後滔天的勢力，她還是他爹娘唯一承認的兒媳婦，即使懷疑，也只能是懷疑了。

等過段時間他就會發現，她的確不是從前的李姝色，她是同名同姓的另一個人。

第五章　家常菜

再次回到廚房的李姝色，還是被眼前的灶臺給難住了。

但她也只能硬著頭皮上，想著以前看的電視劇，似乎是點燃柴火放進去，就可以了。

她坐在小板凳上，撿起手旁的乾柴，隨後敲打火石，等火星冒出，乾柴一下子著了火，她立馬手忙腳亂地丟進灶爐裡。

扔完就心有餘悸地拍了拍胸脯，幸好沒有將這屋子給燒了。

那邊，沈峭正沈浸在書中，一行行看得投入的時候，突然鼻尖飄來一股燒焦的味道。

他眼皮一掀，看見窗外滾滾濃煙隨風飄散，頓時心頭一驚，放下了手裡的書，來到廚房門外，對眼前的景象有些傻眼。

她是要做飯還是要燒了屋子？

黑煙瀰漫的廚房，依稀可以辨得在煙中忙碌的身影，時不時傳來幾聲咳嗽，好似嫌棄煙不夠大，仍傻乎乎地往灶爐裡面扔柴火。

沈峭立馬進去，一把扯過她的手，將裡面還未點燃的柴火全部扒拉出來，隨後冷聲質問。「妳在幹什麼？」

被他劈頭蓋臉地這麼一問，李姝色陡然湧上委屈。「在生火呀！」

「生火是這麼生的嗎？看娘做了這麼多年的菜，都不知道怎麼生火嗎？」

李姝色頓時也來了氣。「你也吃了娘這麼多年的菜，難道你就知道怎麼生火嗎？」

「我知道。」沈峭白她一眼。「還以為妳開了竅，沒想到還是個榆木疙瘩。」

李姝色心中不服。「既然你說你會，那你生火給我看看。」

這句話說完，她就後悔了。

正所謂君子遠庖廚，沈峭怎麼會真的生火給她看啊！這豈不是變成了刁難？果然人在不理智的時候就應該少說話。

她這兩天裝乖巧裝得辛苦，怎麼一下子就破防了？

然而，下一秒，她就聽見他說：「好。」

還未等她反應過來，就看到大佬彎下身子，拉過她剛剛坐的小板凳，然後撩起衣袍，坐了下去。

隨後，大佬那雙本該拿著紙筆指點江山的手，撿起一旁的柴火，伸進灶爐裡，他不是像她一股腦兒地全部扔進去，而是懸空，等點著了後，慢慢放下，露出一截在外面。

屋裡的煙味頓時消散很多，但李姝色還是止不住地咳嗽了幾聲。

所以，大佬真的在生火？

昏黃的火光跳躍在他的臉上，素淨的臉稜角分明，眼尾微微上挑，紅唇微抿。

李姝色慢慢從震驚中緩和過來。

也不知道他是不是意氣用事，在他這個年紀，或許被人激一激，就會忍不住上當。但無論如何，哪怕是現代，也不見得有多少男人願意去廚房做飯。

李姝色就這麼愣怔地看著沈峭看了半天，直到鍋裡的油炸了下，滋滋作響，她才反應過來，她還有菜要做。

她覺得古代這種灶臺，一個人既要燒火，又要做飯，是怎麼兩全？

如今這般，沈峭生火，她來做飯，就比較適宜。

也不知道是不是心有靈犀，她說文火的時候，火勢變小，說大火的時候，火勢立馬就燒了起來。

所以，他真的是第一次生火嗎？怎麼火勢在他手裡被控制得遊刃有餘？

李姝色想不通其中關竅，就只當大佬不愧是大佬吧。

沈家家境貧寒，真的不是說說而已，她好不容易在犄角旮旯找到的鹽罐幾乎已經見底。她用筷子沾了點放進嘴裡，才能知道那是鹽，不過這鹽很粗糙，一點都不如現代的精細。

至於糖，顆粒更大，餘量還很足，可見這家人不怎麼吃糖。其他的調味料，幾乎就沒有了。

在這物資匱乏的古代，她也不能強求不是？

正所謂巧婦難為無米之炊，李姝色也是見廚房裡有什麼菜就煮什麼，可是翻來翻去，也就翻到幾根胡蘿蔔跟青菜，連個碎肉都看不見。

她無奈，只得炒盤蒜末青菜，外加一盤小炒胡蘿蔔。

她剛才進院的時候，看到院子裡柵欄上掛著幾塊曬乾的鹹魚、鹹肉，據說只有家裡來客人時，才會割下一塊肉待客。

但是李姝色等不到客來，她現在餓得可以吞下一頭牛，眼巴巴地透過窗戶的縫隙去瞅那鹹肉，口水都快要流出來了。

那還是過年時，村長家殺豬分到的肉，村長心疼沈峭，所以特地多割了點，說是他讀書費腦子，要多吃肉。

她眼巴巴的模樣，正巧被站起來的沈峭看到。

李姝色戀戀不捨地收回視線。在這個時候能有口飯吃就不錯了，哪裡還能讓她吃肉？

她這小饞貓伸出爪子又被迫收回的模樣，落在沈峭眼中，莫名有些喜感。他竟不受控制地突然開口。「想吃肉？」

李姝色還以為是自己幻聽，偏過頭看他，重重地點了點頭，跟搗蒜似的。

沈峭心平氣和。「那就吃吧，給爹娘補身子。」

「好耶，聽夫君的！」

沈峭嘴角倏然勾起。

李姝色興沖沖地拿著菜刀跑到外面，在那塊大的鹹肉上比劃兩下，隨後小心地割下一塊。

李姝色穿書來的第一天晚上，就在原主的腦中大致瞭解了這個村子。當時看書的時候，就知道男、女主角的所在地是京城，距離鍾毓村很遠。京城當然是繁華之地，見多了原著對京城的描寫，身在此處，才知道這個世界的多樣性。

鍾毓村，地處良州，轄屬寶松縣，是不起眼的一個村，除了名字有些大氣外。不過，村子背靠一座大山，名為嶼君山，冬去春來，如今正是草木茂盛的季節，村子裡有經驗的獵人也準備進山打獵，維持生計。

沈父剛逃荒過來的時候，不會打獵，好在村民們良善，樂意教他一項技能養育家中妻兒，所以沈父這幾天在照顧沈母的同時，也會趁空磨一磨自製的箭。

提到嶼君山，就不得不提她本人的身世了。

據說那年大雪封山，沈父為了家中妻兒生計，不得已冒雪進山，就在那山腳下，發現了裹在襁褓中的她。

沈父心善，不忍看小嬰兒凍死野外，就將她給帶了回去。

當他抱起嬰兒轉身離開的時候，突然前方厚雪壓斷枝幹，重重地砸在地上，一滾再滾，滾到了他的腳邊才停住。

沈父驚出一身冷汗，當晚就將這件事跟沈母講了。沈母認為，這嬰兒合該是她家的人，這是救了他一命呢。

後來翻開嬰兒的襁褓，看到裡面繡著一個「李」字，沈父、沈母便從小以「李小二」叫著她。直到那天，李二正式有了自己的名字，李姝色。

哦，還是沈峭取的，當時他剛啟蒙不久。

所以，她也算是土生土長的鍾毓村人，從某種意義上來說也是沈家的童養媳，只不過這對夫妻從小不對盤，如果不是發生了那件事，沈峭大約也不會娶她。

李姝色麻利地將鹹肉洗好切好，又從地窖裡掏出半顆大白菜，沒一會兒的工夫，肉的香味就從門口飄出去。

沈父、沈母原本還躺在床上休息，突然鼻間飄過一絲香味，兩個人便起身到廚房看。之後，就看到他們的寶貝兒子在燒火，而捧在手心長大的兒媳婦在翻炒白菜。

沈母面上露出驚訝之色。家裡的飯從來都是她做的，從來不知色兒什麼時候會做飯了，居然還做得這麼好？

李姝色瞧見老倆口站在門口，便甜甜一笑。「爹娘，你們先去坐，飯菜很快就好了。」

「好香啊，色兒，妳這是在做什麼？」沈母好奇地問。

「就家常菜，您老不嫌棄就好。」李姝色隨意地用袖子擦了擦額頭的汗。

很快翻炒完，裝好盤後，李姝色就端著碗筷進了堂屋，放在方方正正的飯桌上。

沈峭手裡也捧著她剛做的菜進來，剛把菜擺放好，抬頭就看到一隻小花貓。

先前廚房裡煙霧重，他沒怎麼看清她的臉，如今看到了，忍不住抬起手。

李姝色剛剛就注意到沈峭的眼神有些不太對勁，漆黑的眼眸居然含著幾分笑意，隨後就看到大佬把手舉了起來。

她心中一驚，審視地看著他的手，下意識地想要後退一步。

就在她要抬腳的時候，聽見他低聲說：「別動。」

李姝色真就不敢動了。

突然，臉頰上一熱，輕柔的指尖在她的臉上不輕不重地摩挲了兩下，收手的時候，李姝色垂眸看去，看見他白皙修長的指尖染上了黑灰。

她的臉上浮上一抹紅，連忙道：「我去擦洗一下。」

她逃也似地跑走了，留下站在原地的沈峭，看著自己泛黑的指尖，幾不可察地蹙了下眉。

李姝色雖然並不在意這具身體的容貌，但是頂著張花貓臉出現在他們一家人面前，也是極其不自在的。

她拿著木製水盆去廚房，從水缸裡舀了盆水，剛要低頭伸手捧水洗臉的時候，突然愣住了。

平靜的水面如同一面光可鑑人的鏡子，她的眼光落在盆中映出的笑臉上，嘴角彎曲的弧度逐漸拉平。

她一度懷疑自己的眼睛，忍不住用拇指沾了點水，輕輕擦去臉上有髒污的地方，隨後等水面平靜下來，再度看去。

這次，終於看清了她的臉。

眉如遠黛，杏眸圓潤，明眸善睞，丹唇不染而朱，因微微驚訝，露出口內整齊的皓齒，她嘴角微動，笑靨如花。

滿頭青絲只用根尋常木簪束起，幾縷碎髮搭在光潔的額前，素顏如出水芙蓉，沒有額外的首飾掛件，卻是個實打實的美人胚子。

李姝色嘴角倏地越翹越高，對這個世界突然少了幾分漠視和敵意，這或許是老天對她的另一種賞賜，正所謂有失必有得。

在現代，走在路上看見美女，她都會瞄上兩眼，她喜歡看美女，所以她喜歡上了自己。

她是個十足的顏控呢！

可又轉念一想，她高昂的興致減去幾分，因為原主不知經歷了何種變故，才會從青春美貌的少女變成面目可憎的毒婦。

李姝色拍了拍自己的臉蛋，她是絕不會變成那樣的人。把盆中水倒掉，她歡歡喜喜地去吃飯了。

一家三口都在等她，這放在尋常人家幾乎是不可能的事。畢竟能讓女人上桌就不錯了，哪裡還能夠為了等個女人，而耽誤開飯的時間？

但沈家不同，她有原主的記憶，不過原主有些事也是從別人口中聽到的，所以真假也不得而知。

因為她覺得，單單是抱她回來的時候，誤打誤撞救了沈父一命，也不足以讓她在這個家有這麼高的地位，並且他們對她也有養育之恩，總歸是可以抵消的。

難不成是沈父、沈母太過善良的緣故？

李姝色坐下，沈父、沈母看見她坐下，這才開始動筷子，她乘機說：「爹娘，兒媳第一次下廚，不知道味道如何，還望爹娘不要嫌棄。」隨後，靈動的眼眸看向沈峭，含著笑意道：「夫君也是。」

沈峭臉上浮現一絲不自然。她這聲夫君，在爹娘面前叫出來，都不覺得不好意思嗎？

李姝色還真的沒有一絲不好意思，畢竟這兩天也叫順了，況且讓她喊老公，估計會真有些喊不出口。

沈母率先回應。「好吃，好吃，色兒就是能幹，看這幾道菜做得多香啊！孩子他爹，你說是不是？」

沈父剛挾一片菜，還沒有來得及嚥下去，立刻口齒不清地回道：「是啊、是啊，色兒做得真好吃！」

雖然不是第一次做飯了，但是被人誇還是挺開心的，李姝色挾起一塊肉放進沈峭的碗裡，笑咪咪地說：「夫君讀書辛苦，吃點肉補身體。」

沈峭看著碗中的肉，又看了看吃得開心的爹娘，心中哼了聲，她倒是挺會收買人心。

剛剛她不在的時候，爹娘還說要問她打傷他的事，如今轉眼就忘得乾淨，待她比親女兒還要親的樣子。

他已經不知多少次懷疑，眼前笑意盈盈的李姝色是不是他從小看著長大的她了。

第六章　洗腳

吃完飯後，李姝色主動要幫忙洗碗，卻被沈母拒絕，說是女兒家手洗糙了不好，她剛剛休息了下能洗幾個碗，還讓她去休息。

李姝色覺得沈母簡直是天使婆婆，這世上能有幾個這樣的婆婆？原主居然遇到了，但是她竟然不知道珍惜，實在是該打。

進房後，她打量了下臥房，原本他們的房間沒有如今這麼大，旁邊還有一間她的閨房，後來兩個人成親後，兩間房打通了，所以面積大了一倍。

李姝色打著哈欠進了房間，看見沈峭已經拿起書挑燈夜讀，她止住繼續打哈欠的衝動，想著他這兩天腦子被砸傷，也不知道有沒有被砸出個腦震盪來，頭暈不暈，就出於關心地說：「夫君，明日再看吧，你腦袋受傷，要多休息才好。」

況且，他不看今天晚上這一回書，將來的狀元還不是他？

沈峭聞言，居然真的放下手裡的書，他捏了把眉心，一天下來，疲憊充斥全身，額頭的傷口處也在隱隱作痛。

李姝色去廚房打了一盆熱水回來，放在地上說：「夫君泡泡腳，晚上好睡覺些。」

隨後，她又給自己打了一盆。

李姝色是個養生女孩，喜歡晚上泡腳。女孩子多泡腳還是有好處的，泡完腳渾身都暖洋洋的，連睡覺都會變得好睡許多。

沈峭也拒絕不了泡腳的誘惑，與她肩並肩地坐在床頭，一齊泡腳。

李姝色將腳伸進水盆後，舒服地眯起眼，腳在水中不安分地動，也帶動水珠濺出。

突然耳邊傳來聲音。「好好洗。」

李姝色就像是突然被批評的小孩子，縮著脖子回了句。「哦。」

她突然感覺，他們兩個人還挺神奇的，有的時候感覺自己照顧他多些，有的時候又感覺是他管教她多一些。

其實兩個人年歲都不大，她今年不過快十五，而沈峭也不過十七。

看著沈峭一板一眼地泡腳，閉著眼睛，冥思苦想的樣子，李姝色突然起了壞心思，朝著他的泡腳盆伸出了試探的小腳。

然而，閉著眼睛的沈峭似乎能感應到，快速閃過反將她的腳一下子給壓了下去！

疼痛傳來，李姝色立馬苦哈哈地求饒。「夫君，疼……」

沈峭睜開眼，黑漆漆的眸中閃爍著不明意味，低沈的嗓音也多了幾分戲謔。「我是不是讓妳好好洗，嗯？」

李姝色也不知道是惱怒，還是被壓得疼，臉色脹得通紅，嘴巴卻是一點都不讓步。「你若是能幫我洗，我就好好洗！」

沈峭聞言，輕輕哼一聲。「作夢。」

李姝色抬起下巴，看著他的眼神有些挑釁，似乎在說看著吧，誰知道會不會有那一天呢！

有沒有那麼一天，李姝色不知道，反正心中想像了下，還挺樂的，泡完腳後就美滋滋地睡覺了。

一開始睡著還行，可是越睡越有些不對勁，迷迷糊糊間，似乎被凍醒了。

春寒料峭，古代的衾枕裡面大都裝的是蘆花或者稻草一類，禦寒的效果也是看個人身體素質。

女子屬陰，特別是手腳容易冰涼，而她晚上泡了腳，確實幫她抵禦了一段時間的寒冷，但那也只是一段時間，後半夜她就有些難熬了。

這對小夫妻結婚以後都是分被睡，誰也不挨著誰。原主還是個有骨氣的主，冬天凍得哪怕睡不著，乾瞪眼睜著不睡都成。

但是李姝色不行，她最怕冷了，將自己的身子往被子裡縮了又縮，轉輾反側，欲醒不醒的樣子。

沈峭思慮重，淺眠，當李姝色翻第一個身子的時候，他就醒了，但是沒有睜眼。

後來，李姝色翻了好幾個身子的時候，他就忍不住將手伸出來，想要按住她的肩膀，嚴重懷疑這人白天如何乖巧，晚上就來這一套故意折磨他不睡覺。

李姝色渾身冰涼的身體，突然感到一個熱源貼近肩膀，她哼唧了聲，兩隻手一把抓住熱源，隨後迅速抱著，拉進自己的被窩裡。

變故來得猝不及防，沈峭渾身僵硬了下，他還是第一次和李姝色有肌膚之親，雖然她小的時候，他抱過她不少次，但是七歲不同席後，他就再也沒觸碰過她了。更何況，如今的姿勢如此怪異，他的整條手臂像是陷入什麼綿軟的東西，渾身像是過了電般，臉上瞬間瀰漫著不自在。

她抱得實在是太緊了。

不過好在，抱住他的胳膊後，她就不再鬧騰，臉蛋貼著他的手臂沈沈地睡去。

只不過，這一晚上，沈峭倒是沒有怎麼睡著，水深火熱的，渾身時不時有熱流湧動……

李姝色再次醒來時，已經豔陽高照，往常她都是睡到這個時間，所以也沒人管她。

她掀開被子，看見旁邊沈峭的被子已經疊得整整齊齊，如同他這個人般，一絲不苟。

李姝色也學著他的樣子將被子疊好，整齊地放在他的被子旁邊，其實肉眼可見，她的被子比沈峭的還要嶄新些，針腳也要更密些。

沈家二老是真的待她比待親女兒還要好，供個兒子上學已是不易，家裡剩下的資源就全部用在她的身上。

李姝色伸手摸了摸被角，她是孤兒，從未享受過親情，如今在這異世感受到的一切，已經讓她覺得彌足珍貴。

剛一出去，就看到沈母在忙中午的飯，而沈家父子二人在劈柴，商量著去嶼君山打獵的事。

運氣好的話，能一天就回，但是運氣不好的話，估計要蹲守幾天。

春日裡萬物復甦，冬日的那些積雪也已消融，若是能獵到一隻野豬，扛回家，能是一家人好幾天的吃食。

隨後，他們就談到沈峭八月秋闈的事，這小半年的時間，一家人也沒別的事，就是討論他去省城參加鄉試的事，以及途中的盤纏。

李姝色在一旁聽著，邊聽邊在想，讀書對尋常百姓家的確是一件大事，沒有點家底真的不能輕易讓孩子讀書。

沈峭幼時就表現出驚人的讀書天賦，當年還是村裡的老秀才閒來教村子裡的孩子讀書認字，村裡十幾個幼童，只有沈峭堅持了下來，還一教就會，過目不忘。

老秀才後來身體實在堅持不住，無法再教，就把這事跟沈父說了，沈父這才重視起沈峭讀書的事。

後來，沈峭拔得童首，引得縣令大人的關注，引薦他去縣城裡最好的學堂讀書，又每年資助，他才能走到今天這步。

不過，也不能把錢財這種身外物寄託在外人身上，沈家感念縣令大人一輩子，但是也想自食其力，不依靠他人。

沈父雖然處事猶豫，但是在沈峭讀書這一事上，還是有決斷的。他狠狠劈開圓柱狀的木頭，聲音堅定。「爹今天下午就進山，打了野味進城去賣，你只管好好讀書，不用管盤纏的事。」

李姝色揚眉，賺錢的事她在行啊！當初她靠自己打拚，在市區買了豪華的電梯大樓，連車都是頂級轎車，如果不是後來出了車禍，本打算歇完之後就去創業。

現在聽沈父這話頭，現在家裡似乎很缺錢？

李姝色不動聲色地壓下心中思緒，掙錢不僅是為家裡好，而且對她個人來說，也是件好事。畢竟什麼都不可靠，銀子才最可靠。

她正這麼想著，突然圍牆的欄杆外走過一道人影，看見她後，突然停下向她招手。「阿色，快過來，我有話與妳說！」

李姝色仔細一看，小姑娘的臉龐有些圓潤，卻長了雙瞇瞇眼，五官像是擠在一起，但是在村裡旁人看起來覺得挺好的，說小姑娘有富態，將來一定好生養。

這個姑娘，不是別人，正是原主的好閨密。

哦，不對，應該說是塑膠姊妹，張秀秀。

李姝色瞇了瞇眼睛。這姑娘居然還有臉出現在她面前？她闖的禍事，差點讓她被浸豬籠或者沈塘，如今居然像是個沒事人般向她招手？

如果不是她鼓舌如簧，又抓住沈峭不會現在就休了她的心理，她估計比原著描寫得好不到哪裡去。

李姝色上前兩步，隔著圍欄對著小姑娘，咬著後槽牙說：「好啊，我們好好聊聊。」

李姝色剛出門，沈峭就扔下斧頭，沈父以為他累了，卻看見兒子居然跟著兒媳的步伐也走出門。

沈父張了張嘴巴，終究沒有叫住他，只重重地嘆了一聲。

李姝色一路跟著張秀秀來到僻靜處，還未站定，手臂突然一重，只見張秀秀牢牢抓住她的手臂，癟著嘴巴說：「阿色，妳不會在怪我吧？那天晚上我真的不是故意不出現在村門口的，我當時害怕極了，我就是一個弱女子，就算去了也幫不了妳什麼的。」

李姝色冷笑一聲。「出軌的又不是妳，妳在心虛什麼？」

張秀秀心虛啊，她當然得心虛。

她們多年好友，在最緊要關頭的時候，她總是能夠出賣原主，並且事後就像現在這樣哭訴自己的身不由己，隨後苦哈哈地求原諒，這樣就能蒙混過關。而原主也是蠢，被這樣的把戲忽悠得暈頭轉向，最終都會原諒她。

張秀秀真的沒有想到李姝色居然會這麼問，臉上的笑容一僵。「阿色，妳在說什麼呢？」

李姝色視線下移，落在她手腕上的手鐲，是用紅線纏繞銀環編織而成的手鐲，上面綴著一顆小金豆，在陽光的照射下，發出金燦燦的光。

她拉開張秀秀的手，又拉開對方的一截袖子，將紅線鐲露出來，冷笑著問：「那妳告訴我，為什麼張素素的鐲子會在妳的手上？」

鍾毓村大多數人家都姓張，雖不見得都有血緣關係，但大多一表十八親，拐來拐去張姓總歸都有那麼點關係。

張秀秀另一隻手慌忙捂住鐲子，生怕她看見似的，梗著脖子說：「那是她打賭輸了，輸給我的，不是送給我的。」

真是此地無銀三百兩，賭輸了？就張秀秀這腦子，還真不一定能玩得過張素素。

李姝色也不跟她糾纏這件事，繼續說：「妳也知道，我與她向來不和，既然妳們關係好，以後妳也不要找我了，我們也算不得是朋友。」

反正都是十四、五歲的年紀，這樣吵架絕交落在別人耳中，也合情合理。

張秀秀吃驚地瞪圓了眯眯眼，難以置信地道：「妳要和我絕交？」

「為何不可？」李姝色眸光泛著幾分冷意。

「去年，妳說張二麻子糾纏妳，讓我給妳出主意，沒承想他將我們攔住的時候，妳卻將我推開，獨自讓我一個人面對他，完全不顧我的死活跑開。雖然事後妳聲稱自己不是故意的，但是秀秀，妳對我的傷害已經造成了。」

不知為何，那天就傳起她和張二麻子的謠言，流言多難聽，三人成虎，她一個清清白白的小姑娘哪裡還有臉活下去？當天晚上，她就投湖自盡，被路過的村民救下。

就是在這個時候，由沈家二老作主，讓沈峭娶了她。

沈峭雖不願意，但孝道大於天，他不得不妥協。

李姝色看著面容有些蒼白、嘴唇蠕動的張秀秀，眸光的冷意更甚。「當時妳為了自己的名聲，不為我辯解，我也不好說妳什麼。但是妳待我成親後，卻從中牽合，引得我和張孝良相識。秀秀啊秀秀，妳居心何在？」

李姝色心高氣傲，自詡是小家閨秀，平日就待在家裡，沈母也不讓她做家務事，所以她平日裡也就在門前菜園澆澆水，即使出門也不會離開沈家太久太遠。

而張秀秀不一樣，她家裡頭還有兄弟，她娘對她就是糙養，平日也不怎麼管她，從東家逛到西家，就沒有她不認識的小夥伴。

她和張孝良相識，就是由張秀秀引薦，現在李姝色根據她手腕的鐲子，猜想幕後之人大約是張素素，目的就是為了除掉她，好讓自己嫁給沈峭。

怪不得，昨天在村口的時候，張素素竟然當著大家的面，連偽裝都來不及，想要將她趕出村子。

張秀秀聽了她的話，臉色脹得通紅，立馬反駁道：「妳和張家哥哥交好，與我何干？我何時引薦妳和他相識？大家都是同一個村子的，互相認識又怎麼樣？我和好多人認識，也沒見我和別人，像妳和張家哥哥那般私奔啊！」

李姝色笑了。「所以妳不承認從中牽線搭橋的事？妳也不認在我耳邊說張家哥哥多有錢，能夠帶我去京城，並且攛掇我和他私奔的事？」

張秀秀立馬後退一步。

「好妳個李姝色，我今日好心關心妳，妳這是在和我翻舊帳？我有這麼說過嗎？我何時攛掇妳和他私奔？是妳自己不守婦道，怪不得旁人！」

「哦。」李姝色也後退一步，冷聲道：「既然我在妳心裡就是這麼不守婦道的人，那我們也不必當朋友了，從今天開始，我們絕交。」

張秀秀早就想和李姝色這個蠢貨絕交了，但是她摸了摸手中的鐲子，她答應素素姊的事還沒有辦成，現在還不能與李姝色絕交。

張秀秀咬了咬下唇，故作生氣地說：「阿色，整個村子就我樂意和妳玩，妳當真要和我絕交嗎？」

李姝色平時大門不出、二門不邁，的確只有張秀秀一個朋友，不過這樣的塑膠姊妹，她連一個也嫌多。

「是的。麻煩妳幫我給張素素帶句話，就說沈峭這個人是我的，她想要進門？呵，做小都沒門！」

「妳！」張秀秀氣得伸手指著她，氣息不平地喊道：「李姝色，妳會後悔的！」喊完，又跺了跺腳轉身跑開。

若是往常，她這麼對李姝色，李姝色早就應該追上來了。

但是張秀秀跑了沒多遠，轉身一看，後面卻是什麼人都沒有。

她有些愣在原地。

第七章　驚險

李姝色看著張秀秀跑開的背影，對著身後的空氣說了句。「夫君，戲看夠了嗎？」

雖然沈峭躲得好，但李姝色還是注意到他了，知道他在，所以她剛剛才以那種方式與張秀秀絕交，同時也將部分責任推到她身上，算是變相為自己洗白吧。

能洗白一點是一點，留給她的時間不多了，等八月秋闈後，明年二月就是省試，三月就是殿試，再過個一年，他就要娶公主，殺糟糠妻了！

李姝色緩緩轉過身子，看見沈峭站在不遠處，她抬腳走近道：「夫君，我知道你還在惱我，不過我可以發誓，我與那張孝良之間絕對沒有苟且之事，若是有，就讓我五馬分屍！」

也不知道是不是她說得太重，沈峭的眉心居然跳了下。「休得胡說。」

李姝色見他呵斥，反而樂呵呵地說：「夫君這麼說就是信了我，我之前也是被豬油蒙了心，被張秀秀那朵白蓮花給騙了，好在如今迷途知返，以後定好好和夫君過日子。」

沈峭沒有說話。

李姝色又說：「我也知道，夫君是逼不得已才娶了我，如果夫君今後有心儀之人，我絕對不會是夫君的阻礙，要是夫君顧惜，給我一紙和離書就好，我絕不糾纏。」

咱們和平分手，你尚你的公主，我過我的好日子，誰也不耽誤誰。

她說話雖輕，但每一個字都落在沈峭耳中，聽著聽著，他就察覺出這話的不對勁。

和離書？原來她打的是這個主意！

以為這兩天對他好，他就會放過她，好讓她跟張孝良雙宿雙飛？

沈峭頭一次被人這麼氣到，簡直氣到肝疼！原先她名聲掃地，誰也不敢娶她的時候，可是他娶了她！那個時候，她的好姘頭，張孝良在哪裡？

如今攀了高枝，瞧不起秀才夫人的位置，倒是想做地主夫人？

沈峭嘴角抿起，原本是不在意的，可是為何他聽了這話，還是覺得無比憤怒？她又何德何能牽扯到他的情緒？

他倏地轉身，語氣不平地道：「娘讓我叫妳回家吃飯。」

李姝色看著沈峭的背影，怎麼感覺大佬好似有些生氣了呢？

她說的話沒毛病，京城富貴迷人眼，他去了後定是要在那裡打拚，屆時又哪裡能夠瞧得上她這個山野村姑？

她這麼說，他應該高興才是，也不用費盡心思除掉她了。

畢竟原著還寫了，男主角可是用他殺妻這件事在朝堂上攻訐他，然而他當時罪行太多，殺妻似乎成了最無關緊要的事……

李姝色嘆了口氣，認命地跟上。她還是加把油，努力給大佬灌輸和平分手的思想。

他們和離後，若是沈母真的捨不得她，他們還是可以做兄妹的，不是嗎？

飯後，沈父揹著竹筐，放好獵具，打算進山。

與沈父一同進山的是張二叔，也就是張素素她爹，當年沈父打獵的手藝就是張二叔教的。沈父一家能夠在此安家，據說張二叔也幫了不少忙。

如今看來，張素素和沈峭用青梅竹馬來形容也不為過，就不知是郎有情，還是妾有意了？

沈母看著沈父的背影，眸中隱隱有著擔憂，吩咐了好多句，早去早回。

其實這樣的感情，李姝色看著有些豔羨，少年夫妻老來伴，可不就是這個樣子？

沈父走後，沈峭就在家中繼續苦讀，李姝色也不敢在他眼前晃悠打擾他，於是想出門，尋求掙錢的法子。

畢竟待在家裡，錢不會從天上掉下來。

她也揹起竹筐，裡面放了一把鐮刀，跟沈母打了聲招呼後，就出了門。

走在路上，碰到村民，她也會揚著笑臉，主動打招呼。「嬸子，吃過飯了嗎？」

「嗯，吃過了。」

「我來割點野菜回去，夫君讀書不易，家裡沒什麼好東西做給夫君吃。」

一路走來，她可謂是立住了「改過自新，一心為夫」的良好形象。

這個時代，好的名聲很重要，她把名聲給立住了，日後沈峭要殺她的時候，也要好好掂量，畢竟人言可畏。

但是，事情哪有這麼容易，耳邊還是傳來一道挑刺的聲音。「喲，這不是沈家那不安分的兒媳婦嗎？妳可是矜貴人，平常都瞧不見妳，今兒個不嫌太陽曬，怎麼出來了？」

出聲的人正是張素素她娘。

沈峭娶她那天，張二嬸子就鬧過一場，話裡話外無非就是說她家素素品行賢良淑德，與沈家的秀才最為般配，且兩人又是青梅竹馬的情誼。本以為是心照不宣的婚事，沒承想沈家這邊突然變了卦，娶了李姝色這個來路不明的孤女，完全不顧及兩家往日裡的情誼。暗指沈家白眼狼，如今出了個秀才，就忘了昔日裡她家對他家的照顧。

其實剛開始張二叔的確幫了沈家不少忙，沈父會打獵後也時常送些獵物給他家，並且幾年前，張二叔不小心摔斷腿，無法出去打獵，沈父對他家的幫助就更多了，打到的獵物幾乎分了大半出去，才讓他家能夠度過那個寒冷的冬天。

如今，她和沈峭成親都有小半年，張二嬸子還揪著這件事陰陽怪氣。

李姝色不會再慣著她，當即就反問道：「張二嬸子妳昨天不是在村口嗎？莫不是耳背，村長並沒有說我與人私奔，至於不安分一說，更是無稽之談。」

「無……烏雞之談？」張二嬸眼一瞪。「這跟烏雞能扯上什麼關係？」

得，秀才遇上兵，有理也說不清。

這時，旁邊的群眾，有人開口為她說明。「二嬸子，不是烏雞，是無稽之談。沈家娘子聽她相公讀書聽得多，自己也能說兩句文了。」

「我管妳是烏雞，還是白雞，我就告訴妳，妳騙得了村長，騙得了縣令大老爺，妳騙不了我！」張二嬸扠著腰喊道。

李姝色眼中閃過一絲厭惡，問道：「二嬸子，我與妳什麼關係？我為什麼要騙妳？至於妳心裡怎麼想的，妳覺得我會在乎嗎？說白了，妳又不是我婆婆，我為什麼事事都要向妳解釋？」就差沒把「少多管閒事」寫在臉上了。

張二嬸子氣結，指著她的鼻子就要開罵。

昨天有在村門口的村民，知道李姝色是被冤枉的，並沒有與人苟且，他們一群人欺負小姑娘，臉上本來有些掛不住，今天小姑娘主動打招呼，豔麗的一張俏臉滿是笑意，讓人看了就覺得心裡暖和，那種愧疚之心就更重了。

於是，就有人站出來說話。「二嬸子，阿色說得對，又不是妳家的事，妳這麼上心做什麼？難不成還在為沈家秀才沒有娶妳家素素的事，懷恨在心？」

「我呸！妳這老婦，在胡說八道什麼?!我家素素跟沈家一點關係都沒有，妳可不要瞎造謠，壞我素素名聲！」張二嬸子怒罵道。

「既然不是，那就別抓著人家小姑娘不放了，多大的人，還為難小姑娘，臉上臊不臊啊！」婦女懟完，又向李姝色招了招手。「阿色，妳過來，我告訴妳哪裡的野菜好挖。」

李姝色朝她走近。「謝謝孫嬸子。」

孫嬸子是個苦命人，她家相公早亡，她和她閨女更是被族人狠心趕出去，沒有分到田地，連家都回不了。後來也是漂泊到這裡，村長心善，看她母女可憐，便分了點田地給她們，也算是收留了她們。

孫嬸子這些年嚐盡人間冷暖，漸漸有了膽量，一般人不敢懟的張二嬸子，她就敢。其實一開始孫嬸子流落到這裡的時候，也被那個時候村裡的流氓騷擾過，寡婦門前是非多，她能夠撐起母女一片天地也是多有不易，所以更能知道名聲被毀是什麼滋味，也算是半共情了李姝色，這才出口相幫。她的相公之前也讀過書，所以知道無稽之談是什麼意思。

孫嬸子偏頭對她八歲的女兒孫媛說：「媛兒，妳和阿色姊姊一起去，帶著阿色姊姊知道嗎？」

孫媛乖巧地點頭。「好。」

李姝色面上一窘，她什麼時候需要一個八歲小孩帶了？

但是窘歸窘，腳步還是誠實地跟上。

孫媛看起來只有八歲，卻比一般孩子成熟很多，大約是窮苦人家孩子早當家，一路上還提醒她注意腳下碎石。

李姝色便問：「妳要帶我去哪裡啊？」

孫媛轉頭看向她。「妳不是要去挖野菜嗎？」

「啊……」李姝色是想尋求有什麼賺錢的方法，可想來想去，民以食為天，古代吃食又不如現代種類繁多，所以就排除其他，打算在吃食上花點心思。

「去滴水湖，如今春天，正是野菜生長的好時候。」孫媛回她。

李姝色想起來了，巘君山腳下，不遠處有片湖，由於湖並不大，便叫滴水湖。

滴水湖雖不大，卻養育著鍾毓村的子民，據說在李姝色三歲的時候發生過一次旱災，很多人死了，而鍾毓村因著滴水湖，奇跡般沒死人。

大家心照不宣地都保留了這個秘密，就害怕引得旁人覬覦，這口湖就被別的村給占了。

滴水湖也是神奇，不知何時形成，如何形成，只知道湖水常年清澈見底，裡面的魚兒也是村民自主養的。當年旱災吃光了湖裡的魚，如今村民們在裡面養魚，一是為了回饋滴水湖，二也是未雨綢繆。

滴水湖雖靠著巘君山，但是離村子也有好一段距離，村民們日常用水也不用這兒的水，除了特殊時期才會來取用。

當李姝色不想再走的時候，終於到了地方。

放眼望去，湖面波光粼粼，倒映著不遠處的山峰，偶爾有兩隻鳥兒飛過湖面，帶出幾圈漣漪，當真是極美的地方。

鍾毓村不愧其名，真是鍾靈毓秀的好地方！

「呀，好多野菜都冒出來了！阿色姊，幸虧我們來得早，要是再晚兩天，這裡的野菜可就沒我們的分了！」孫媛有些高興地喊道。

許是被她這種天真喜悅的樣子感染，李姝色心情也變得好起來。「是嗎？那咱們多割些回去！」

然而，她話音剛落，旁邊丈人高的草叢中突然傳來窸窸窣窣的聲音。

李姝色心中一驚，莫不是有蛇？

聽著聲音就在不遠處，李姝色朝著孫媛低呵一聲。「小心！」

隨後，按著孫媛的身子蹲了下去。

李姝色握緊手裡的鐮刀，警惕地看著四周，害怕從哪裡突然蹦出來一條蛇，或者是某種讓她害怕的生物，手指緊張得握到指尖泛白。

孫媛聽到不遠處的異動，臉上都不見慌張，反而握著手裡的鐮刀躍躍欲試，壓著聲音說：「阿色姊，是蛇嗎？我一刀砍了，把蛇膽挖出來，拿到縣城的藥房能賣點錢呢！」

聽著她這麼興奮的語氣，李姝色是萬萬沒有想到這小丫頭居然一點都不怕。

不應該啊，正常七、八歲的小姑娘看到蛇，不早就嚇壞了嗎？

不過，那聲音一直在耳邊響動，隔著一段距離，也不靠近。

李姝色拉著孫媛站了起來，聽到小丫頭都不怕，她自己的膽子也跟著大了些。

就在這時，那邊突然傳來一道悶哼聲，又低又沈，像是受到了極大的痛苦般。

第八章 冷戰

李姝色時刻不敢鬆懈地握著鐮刀，決定要過去看看，如果是一隻不小心掉入陷阱掙扎求生的獵物，對她來說也不是一件壞事，至少她拿回家也是全家的伙食。

但是她又害怕那獵物最後搏命一擊傷到了孫媛，便側身對她說：「媛媛，妳待在這兒，姊姊過去看看，如果是獵物，咱們就一人一半如何？」

孫媛知道她是在關心自己，便乖乖地點了下頭。「阿色姊小心，有事一定要叫我。」

李姝色「嗯」了一聲，這才小心地撥開草叢，緩慢向那邊靠近。

還未走近，就看到地上有一大灘血，憑藉這血得知那獵物肯定傷得不輕，就算奮力一搏，她也未必就落了下風。

沿著血跡一步步靠近，等走到聲音來源，她扒開眼前的草叢一看，赫然看到被壓倒的草叢上躺著一個人！

準確地來說，是一個血人！

李姝色瞳孔一縮，那人渾身浴血，幾乎要看不清面容，身上能看見的地方都是刀痕，最狠的在胸口那一刀還在往外滲血。

那人許是感應到她的存在，突然睜開血腥的眼睛，像是餓狼看見兔子般，死死地盯著她看。

李姝色心頭一跳，但從他出血量來看，也知他乃強弩之末。

她小心地走近，自報家門。「我是附近的村民，你是誰？」

那人一開口，口中的血液就立馬流出，止也止不住，李姝色嚇了一跳。

他卻瞪大眼睛，手指顫顫巍巍地從懷裡掏出一只方方正正的小盒子，向她舉著，用希冀的眼神看著她，好似在懇求她接過。

李姝色猶豫了下，還是決定靠近他，接過他手裡的盒子。

他眼中的星光更甚，終於發出最後一絲嗓音。「三、三……殿下……」

只說了這三個字，抬起的手便無力垂下，嚥下了氣息。

李姝色緊緊握著手中的小盒子，她剛剛應該沒聽錯吧？這人是在說什麼三殿下？

如果她沒記錯，這位三殿下正是原著中的男主，大魏國的三皇子，李琸睿。

所以男主角的人怎麼會死在這裡？從他的慘狀上來看，不難看出他死前定是和人進行了一番驚險的纏鬥。然而還是不敵，最終失血過多而亡。

李姝色神色凝重地握著小盒子，手指卻輕顫，像是握著千斤重的東西。

所以，男主的事，她到底要不要摻和呢？

按照原著時間順序來看，現在男主角還是個不受皇帝重視的小可憐，更是被其他皇子的勢力無情打壓，他隱忍負重，艱難地謀求著屬於自己的勢力。

李姝色覺得京城的那些事離她還很遙遠，她也沒原主那麼大的心氣，非要去京城看看。她覺得能夠過好自己不愁吃穿的一生就挺好的，她也沒本事摻和什麼皇權爭鬥，她就一山野村姑啊。

可是不知為何，她丟不開手裡的小盒子，她知道這個由眼前人拚命保護下來的盒子，對男主來說，肯定十分重要。

她正煩躁下一步怎麼走時，突然耳邊傳來孫媛的聲音。「阿色姊，怎麼沒動靜了？」

孫媛不放心她，便悄悄走了過來。

李姝色收好手裡的小盒子，對她喊了句。「沒有危險，妳過來吧。」

孫媛走近一看，到底是個小丫頭，立馬大聲驚叫。「啊！死人！」

李姝色「嗯」了聲。「大概是不小心從山上滾落下來，摔死在這裡了。」

反正小丫頭估計也分不清刀傷和摔傷，她連眼睛都不敢睜開，李姝色就說謊糊弄她。

「那……現在怎麼辦？」孫媛害怕地捂住臉問。

「也是苦命人，就把他給埋了吧。」李姝色嘆了一聲。

「好，我去挖坑！」孫媛應了一聲，忙不迭地跑了。

可見，面對死人，她更希望去挖坑。

兩個人動作挺快，很快就將坑給挖好了，挖的時候，李姝色還叮囑孫媛不要和別人說這件事，還說這件事若傳出去，對她以及她娘名聲都不好。

到底是個實誠的孩子，聽到她娘就連忙點頭答應了。

李姝色知道孫媛害怕死人，便獨自將那人拖進坑裡，埋了幾鏟子土後，才讓孫媛轉過身來一起埋土。

剛剛李姝色拖人的時候，發現這人身上穿的是夜行衣，布料摸著比她身上的好，可見是男主身邊的一流護衛。

大約是執行任務途中暴露行跡，與敵方糾纏過後，驚險逃生，但也終究難逃一死。

還留了個大麻煩給她。

埋好土後，孫媛問她。「阿色姊，要立碑嗎？」

李姝色拍拍手。「不了，都不知道他是誰，我們只是心善，想讓他入土為安罷了。」

「阿色姊真好心，又長得這般美，說的人美心善，就是妳這樣的人吧！」小丫頭眉眼一彎，笑咪咪地看著她。

李姝色被她誇得紅了臉。「媛媛也是好心人啊，幫阿色姊一起埋了他，也是人美心善的好姑娘。」

孫媛不好意思地彎起了唇。

埋了個人，耗去不少時間，李姝色看了眼西斜的太陽，對孫媛說：「我們得抓緊時間割野菜，否則回去晚了，妳娘會不放心。」

「嗯！」孫媛點了點頭，拿起地上的鐮刀，揮舞了兩下就奔向野菜。

李姝色也隨後跟上。

等兩個人將筐子裝滿野菜後，太陽已經快下山，天邊的霞光灑在地上，給萬物都染上一層火紅的胭脂色。

滴水湖更是美不勝收，波光粼粼的湖面閃耀著橘色的光，湖裡的魚兒時而躍出水面，又撲通一聲入水，當真是生機勃勃，萬物復甦的好景象。

李姝色擦了一把額頭的汗，她突然就愛上了這裡，這裡實在是她心目中最佳的養老地。

然而，她不知道的是，她現在最喜歡的村子，在不久後將會變成她的傷心地。

李姝色拉著孫媛的小手，兩個人一路蹦蹦跳跳地回了家。

經過一起埋屍體，又有了同個秘密後，兩個人的姊妹情可謂是更加深厚了。

而李姝色也有了這異世中的第一個朋友，哦，不，應該說是小朋友。

先將孫媛送回家，孫嬸子要留她吃飯，她拒絕了，說是家中爹娘在等著她。孫嬸子塞給她四個雞蛋，李姝色推脫不過，就拿走了兩個。畢竟，孫嬸子母女倆也是活得不易。

李姝色這一趟雖然收穫不多，心情卻是不錯。

只不過，走著走著，胸口被什麼東西撞了下，她的好心情就沒了。

她只是想當一條鹹魚，為什麼老天要給她出這種難題？

天說黑就黑，夜幕降臨，彎月升起，抬頭望去，滿目繁星，她不得不再一次感嘆宇宙的神奇與美麗，她已經很久沒有看過這麼美的夜空了。

一時貪看，就忘了時間，直到耳邊傳來一道冷冽的男聲。「夫人被什麼絆住了腳，讓為夫好生尋找？」

李姝色猛然回頭，對上沈峭黑沈的一張臉，也不知道是不是這夜色太黑的緣故，她只覺得他的臉黑得厲害。

她訕訕笑了一聲。「今晚夜色很美，夫君是否有空一同欣賞？」

「沒空。」他冷冰冰地拒絕。「娘還在等妳吃飯。」

李姝色忘記這一家子吃飯是要等她一起吃的，她立馬上前兩步，拉著沈峭的手臂說：「夫君，快，娘肯定是等著急了！」

沈峭有些不滿地皺眉。「妳還知道娘等得著急？妳今日去哪裡了，連招呼都不打一聲。」

眼前這人，口口聲聲喊他夫君，實則一點都沒有將他放在眼裡。

說不見人影，就不見人影，之前才出了私奔一事，他也不能大張旗鼓地找……

「夫君你是在找我嗎？」李姝色反應過來，頗有些好奇地問。

沈峭居然因為她不見了，主動找她？

沈峭眉頭皺緊，不屑出聲。「是娘讓我找妳的。」

「哦。可是我有和娘說過，我出門挖野菜了呀。」

沈峭聞言，心中又莫名升起一股火，所以她知道和娘說，不知道和他這個相公說？

想到這裡，沈峭默默收回手臂。

李姝色明顯感到他徹底不開心了，但是她又看不清他為啥不開心，難不成是因為出來尋她太久而耽誤了讀書？

越想越覺得這種的可能性比較大，她連忙心領神會地說：「夫君，日後我如果回家晚，你不用出來尋我的，我知道回家的路。」

這句話也不知道刺激到了沈峭哪根神經，只聽他微微譏諷道：「知道回家的路？李姝色，妳居然還敢晚回家？難不成還想再和別人私奔不成？」

李姝色聞言，猛地腳步一頓，眼眸難以置信又有些受傷地看著他。

敢情，她是沒有領會到大佬的點啊？大佬的點不在於他出來尋她而耽誤讀書，而是不喜歡她晚歸家。

不過，好好說話便是，為什麼要這麼刺激人呢？

李姝色鼓了下嘴巴，想到這兩天她的所作所為，分明就是在改正之前的行為，沒承想又被他給翻出來，彷彿就是要把她釘在恥辱柱上般。

這也完全說明，他心中根本就不相信她會改變，心裡也時刻有著那個疙瘩。

李姝色委屈的同時，又產生一股心累的感覺，噘著嘴巴悶悶道：「夫君說得是，以後我再也不會了。」

所以，其實這兩天沈峭都是在陪著她演戲？貌似已經原諒她，其實背地裡不知道怎麼猜忌她呢。

李姝色委屈兮兮的樣子，讓人看了就心疼。

沈峭竟一時懊惱起自己剛剛的嘴快，他明明不是那個意思，但不知為何，就說出那樣的話。

說出去的話，如同潑出去的水，他又怎麼能收回？

之後，兩個人就你不言、我不語地沈默著回了家。

第九章　好冷

沈母在門口焦急望著，看見他們回來，眉頭才鬆了些，又敏銳地察覺到兩個人之間不對勁的氛圍，迎上前主動幫李姝色卸下筐子。

沈母一邊卸，一邊責怪沈峭。「你沒看到色兒揹著這麼重的筐嗎？真是個木頭疙瘩，也不知道搭把手！」

沈峭也是一時急暈頭，兩個人算是吵了架，也拉不下臉面主動去揹，只是道：「娘，以後還是莫要讓兒子出去尋了，她知道回家的路。」

沈母當下肯定，這兩人肯定是吵架了。不過，夫妻床頭吵、床尾和，沈母也不是第一次見他們吵架，所以心中並不著急。

李姝色不是性子彆扭的人，讓她示好可以，但是她再如何示好，人家壓根兒不信，她就歇了那個心思。

都說女人心海底針，她怎麼感覺，這男人心才是九曲十八彎，她根本捉摸不透？

飯間，沈母一直挾菜給她，李姝色就說出孫嬸子給她兩個雞蛋的事。

沈母說明早煮蛋給她吃，李姝色說不必了，給相公補身子就好，一副公事公辦的態度，也不親暱地喊夫君了。

沈峭在一旁聽著，額頭的傷口隱隱作痛，臉色繃得緊緊的。

他身上的低氣壓太明顯，李姝色就算心再大也察覺到了。不過她今天累了一下午，現在只想扒飯，沒那個心思哄弟弟。

況且這弟弟心思重，還處於叛逆期，一言不合殺人還不見血，她即使是想哄，也不好在這個時候觸他霉頭。

今天菜裡的肉，肉眼可見的少，沈母心疼她，都挾往她碗裡了。

李姝色動了動筷子，挾了一塊肉，她在碗裡有肉的情況下，不會再貪心還想吃肉。

就如昨天一般，沈峭挺了挺胸膛，如果她這塊肉是挾給他的話，他就原諒她今天的晚歸。

他覺得他是天下最明理的夫君了。

沈母的眼珠子也隨著筷子的弧度抬起，想到昨天兒媳婦幫兒子挾菜的場景，她覺得這對小夫妻離破冰不遠了……

然而，李姝色筷子一動，將肉放進沈母的碗裡，笑咪咪地道：「娘，您做飯辛苦了，多吃點肉補身子。」

沈峭不語。

知子莫若母，沈母自然察覺到沈峭的異色，將原先要說的話嚥下，話鋒一轉道：「色兒，妳昨天不也給峭兒挾菜，怎麼今日不挾了？」

李姝色嘴角笑容一僵，沒有料到沈母居然會這麼問，空氣中立馬升起尷尬的氣息。

她瞥一眼沈峭的臉色，大佬八風吹不動地坐著，連些微表情都沒有。

李姝色回沈母。「他離肉近，娘一直挾給我，自己都沒怎麼吃呢。」

言下之意，沈峭自己愛吃不吃，反正她就是不挾。

沈母這才意識到李姝色是真的與沈峭鬧彆扭了。

往常兩人鬧彆扭，她兒子也不放在心上，就當沒色兒這個人。但是今天有些不一樣，她兒子好像有些食不知味的感覺。

接下來，就依照「食不言，寢不語」的慣例，三人也沒說話，就剩碗筷碰觸的聲音。

就在吃飯接近尾聲的時候，突然門被人推開，沈父身上帶著極重的血腥味走了進來。

只見沈父兩手空空，手指卻沾滿了鮮血，身上的布衣更是染了一片血，從腰際一直延伸到褲子上，看起來倒是嚇人。

沈母看見沈父這個樣子，被嚇了一跳，立馬擱下手中的碗筷，奔向沈父。「孩子他爹，你這是怎麼了？是哪裡受傷了，怎麼這麼多血？」

李姝色和沈峭也被嚇了一跳，三個人把沈父圍住，三雙眼睛注視著沈父，像是雷達定位受傷部位在哪裡。

沈父也被他們的陣仗給嚇到了，有些不好意思地說：「我沒事，我沒受傷。」

沈母急道：「那你身上怎麼這麼多血？」

沈父立即回道：「這不是我的血。」
「可是獵物的血？」沈峭冷靜地問。
「是啊，爹，您是打到野豬了嗎？」李姝色也問。
否則怎麼會沾到這麼多血？
沈父再次搖頭。「什麼也沒打到，我和張二哥剛進嶼君山不久，就看到一個受傷的男人，我身上的血都是那男人的。」
原來如此，三人聞言，心裡都鬆了一口氣。
沈父又道：「那人傷得實在是重，再不施救，可能小命就沒了，所以我和張二哥就把他給抬進村了。如今人在張二哥家，我們家沒多餘的床位安置他。」
張二哥家倒是有個雜物間，收拾一下還是能睡人的。
李姝色聞言，對沈父笑了笑。「爹，救人一命勝造七級浮屠，這是好事，您趕緊將身上的衣服換了，我再給您盛碗飯，我們邊吃邊說。」
「還是色兒考慮周全，孩子他爹，快把衣服換了，看起來怪嚇人的。」沈母應道。
沈父隨著沈母進了房間，李姝色則去廚房給沈父盛飯。
又是一個受傷的人？難不成是那人的夥伴，也是男主角的人？
今日好生熱鬧，居然碰到兩個從京城來的人，只不過現今在張二叔家的那個人比較幸運，遇到了心善的村民，否則身處孤山，估計也活不了多久。

有。

李姝色又想到了胸前的小盒子，這小盒子方方正正，通體漆黑，連個打開的地方都沒有。

雖然她沒有要打開看的心思，但是看見沒有蓋子，她就有些好奇想要打開試一試。

但是，她失敗了。

這個小黑盒子渾然一體，掂在手心有些重量，晃動的時候，可以清晰地聽見裡面有東西的響動聲，卻無法打開。

這想必也是黑衣人放心把東西交給她的原因，也許他也存在賭一把的心理，若是她能將盒子交到男主角手裡，皆大歡喜，如果不能，反正也打不開，這盒子也就成了沒人知曉的秘密。

沈父在吃飯，由沈母陪著，沈峭聽了幾句，覺得沒他的事之後，便起身回屋溫書。

李姝色也跟著他的步伐回了屋。

她剛剛思來想去，還是決定把這個大麻煩給拋出去。一來，單憑她一個人的力量，很難成事；二來，沈峭與男主角以後是對立方，如果因為這件事，兩個人之間的恩怨消解些，也是好的。

畢竟，她打心眼裡認了沈母這個娘。雖然原著沒有提到沈父、沈母的結局，但是兒子犯了欺君罔上之罪，又成了亂臣賊子，他們二老的下場估計也好不到哪裡去。

還有就是她，依照如今的情況來看，她的命運其實是和沈峭的命運捆綁在一起。她不押寶，但也不想自斷後路。

李姝色主動破冰，喊了聲。「夫君。」

這聲夫君像是很合沈峭的心意，他放下手裡的書，看向她。「何事？」

李姝色將小盒子從懷裡掏出來，開門見山地道：「夫君，今日我隨孫媛去滴水湖挖野菜的時候，碰到了件怪事……」

隨後，她就把事情原原本本地跟沈峭講了。

沈峭越聽，眉間越是凝重，接過她手裡的盒子，打量一番後問：「妳聽見他說三殿下？」

「嗯，我很肯定，他說的就是三殿下。」李姝色點頭。

沈峭白皙的指尖把玩著小方盒，隨後像是看出什麼端倪般，在一處敲了三下，緊接著「咔嚓」一聲，盒子正上方指蓋長的部分猛地往外伸長旋轉一圈，隨後又自動回復原狀。

李姝色在旁看得目瞪口呆，她研究了好一會兒的小方盒，沈峭僅三秒就看出了端倪？

這難道就是人與人之間的差距嗎？

看著她驚訝的神色，沈峭解疑道：「魯班鎖。」

前朝有個叫魯班的人，是個能工巧匠，最擅製機關，他的作品鬼斧神工，其精妙詭譎之處，真正瞭解的人都忍不住驚嘆。

今兒李姝色倒是見識到了古代的機關術，沒想到如此小巧玲瓏的盒子，既能裝下東西也能安置機關。

李姝色正看得起勁，就見沈峭皺起了眉，便問：「夫君，可是遇到了難處？」

「難倒是不難，只不過我知道的口訣有三個，不知使用哪一個，若是弄錯，裡面的東西可就毀了。」他回。

李姝色一聽會毀掉男主角的東西，便立馬說：「夫君，還是不要打開的好，畢竟是三皇子的東西。」

沈峭將小盒子擱置在身前的桌面上，漫不經心地問：「妳怕我把這個弄壞？」

李姝色有些狗腿地笑道：「有夫君在，我不怕。只不過害怕這件事若是傳出去，被三皇子知道就不好了，民不與官鬥，況且他還是皇子，陛下的兒子。」

而且，還因為他是男主角，一般和主角作對的人，都沒有什麼好下場。

李姝色深知這個世界的法則，否則也不會主動將盒子給沈峭了。

她又繼續說：「明年開春，夫君要進京趕考，參加春闈，若是有幸遇到三皇子，將東西交給他，於夫君來說，總是有利無弊。」

她將事情的利益關係說得清清楚楚，一點都不掩藏自己的心思。

沈峭聽了她的話，倒是有些意外。「妳是希望我憑藉這個，攀附上三皇子？」

李姝色卻回道：「夫君有大才，是狀元之資，何須憑此攀附？只不過多個朋友總是比多個敵人好，況且出門在外，夫君孤身一人，無人照拂，爹娘與我都會擔心的。」

李姝色完全站在沈峭的角度想，連路都替他給鋪好了，又分析得如此透澈，可見不是一時興起之言。

可就是太清晰了，反而令他有些疑慮，不禁疑惑這具身體是不是換了個人？

若是以前的李姝色，萬萬不會想得這麼周全，更不會想著給他鋪路。

一個女人，到底是存了多大的決心，才會挖坑埋一具屍體？她都不會怕嗎？

而她做的這一切，多多少少都是在給他鋪路。

想到今晚見到她時，對她的指責，沈峭心尖顫了下，他好像過分了。

李姝色見他不說話，還以為自己馬屁拍到馬腿上，又回想剛剛自己說的話，沒有半分不妥，那為何大佬沈默了呢？

還是說，大佬心高氣傲，不屑用這種方式與權貴結交？

這好像也不是他的性子，他可是尚公主的人，若是真的不屑一顧，又何必捲入那個圈子，偏要爬到一人之下、萬人之上的位置呢？

李姝色忐忑地喊了聲。「夫君？」

「所以，妳是因為埋那具屍體，而耽誤了回家的時間？」他問。

李姝色誠實地點了點頭。

沈峭說：「以後遇到這種事，要與我說，我不是神人，不會掐指一算，就算到發生在妳身上的事。妳當時若是解釋一下，我也許……」就不會說那句傷人的話。
李姝色聽了他的話，驚訝地咬了咬下唇，所以大佬這是在跟她道歉？
真是個彆扭的弟弟，連道歉都說得這麼委婉，不是一般人還真的有些聽不出來。
好在她也沒真的生氣，只是感到有些委屈罷了。其實，站在他的角度想，她剛穿書過來三、四天，讓他沒有保留地相信她，的確是有些荒唐。
這種一邊信任，一邊懷疑，才是正常。
若是換作她，面對態度陡然轉變的人，她估計還不能做到大佬這般順其自然呢。
李姝色接話道：「夫君說的哪裡的話，沒有事先和夫君說清楚，害得夫君擔心我晚歸，是我的不是。」
沈峭垂眸，她這話是不是有些……太客氣了？
正如她這兩天的所作所為，雖然不如之前囂張跋扈，但是又走向另一種極端。
就是太見外、太客氣了。
沈峭心裡突然有些不是滋味。

隔壁，張二叔家。
張二嬸子看著躺在床上、氣息微弱的黑衣人，忍不住又埋怨了丈夫一句。「孩子他爹，你好端端地將這個累贅帶回來做什麼？還嫌我們家人口不夠多？」

他們共孕育三男一女，也算是兒女雙全，張二嬸更是村子裡好生養的婦人，當年一連生下兩個男孩的她，走出去，誰不誇張二叔好福氣？

張二叔將張二嬸拉至一旁，低聲道：「妳這婦人懂什麼？妳看看他身上穿的料子，我們救了他，定有好處，沒有壞處。」

張二嬸心定了一半，但是又升起隱隱的擔憂。「要是他活不了呢？」

「那是他的命。」張二叔神神秘秘地說：「看到他手上那把劍沒有？他握得緊，我無法掰開他的手指，他要是死了，咱們就把他的手砍斷，要是能活，給我們的報酬肯定不只一把劍！」

張二嬸這才注意到，男子身側的手指緊緊握著的劍，一時歹念起。「為什麼現在不把他的手砍斷？看起來也活不成的樣子。」

「若是只有我一個人遇見他，就按妳說的辦了，可是剛剛妳也看到了沈家老弟，那就是個呆子，要是被他發現，他去報官，定說我們謀財害命！」張二叔不屑地撇撇嘴。

「他敢！」張二嬸聞言，怒了。「當年要不是看中沈峭那小子，想讓他當個上門女婿，我們家能這麼幫他家嗎？如今沈峭成了秀才，他們家就忘了我們家當初對他的恩德，轉頭去娶了那個小賤人，這件事我可一直記在心裡，當家的你也不能忘記。」

「我自然是不能忘記的。」張二叔的眸光也暗了下去。「若不是看沈峭那小子還有些出息，我連他家的門都懶得去。」

兩個人正你一言、我一語地罵著沈家忘恩負義，沒承想這時床上的人，突然悶哼了聲。

李姝色親眼看著沈峭將小盒子放進櫃子裡，知道他心中定有考量，也不再繼續問下去。畢竟，大佬做事，不需要人教。

沈父有些不放心那重傷的人，說明天要去張二叔家看看，並且還說要承擔一半的醫藥費，畢竟人是兩個人救的，總不好讓張二叔把醫藥費全出了。

沈峭表示，明天和他一起去。

睡在冰冷的床上，李姝色如昨日一般，有些難以入睡。

春寒料峭，說的就是這個滋味吧！白天裡太陽高照的時候，氣溫尚好，但是到了晚上，還是會感到冷，況且這一床被褥於她而言，只能算聊勝於無罷了。

李姝色睜開眼睛，漆黑的夜，伸手不見五指，她偏頭，依稀可以辨得沈峭那張在黑夜中浮現輪廓的臉。

她試探性地喊了一聲。「夫君？」

「何事？」

回答得這麼快，難不成他也被凍得睡不著？

李姝色覘著臉問：「夫君的被子單薄，夜裡可感覺到冷？」

你一說冷，姊姊就立馬敞開懷抱，迎你入懷。

李姝色覺得自己真的是深明大義極了。

沒承想，沈峭只淡淡地回了兩個字。「不曾。」

李姝色不是個輕言放棄的人，接話道：「娘親體恤我，給我蓋了床厚被子，今日我看夫君的被子比我的單薄，不如與我的換了，省得夫君夜裡著了涼。」

她懷疑，沈峭的被子雖然看著輕，但是比她的保暖。

沈峭依舊是淡淡的三個字。「不必了。」

見沈峭反應冷漠，李姝色氣呼呼地把頭別過去。算了，還是自己燃燒熱量溫暖自己吧。

這個世界，誰也靠不住，唯有自己最可靠。

可是，真的……好冷啊。

第十章 吃醋

地暖在哪裡，空調在哪裡，人形熱水袋又在哪裡？

溫暖是別人的，她什麼都沒有……

就在李姝色苦哈哈地心裡演悲情劇的時候，這時身旁的人有了動作，他掀起自己的被子一角，輕輕地蓋在她的被子上面。

隨後，她冰冷的被窩傳入一股熱氣，冰山遇到沸騰的岩漿，瞬間所有的矜持都化為虛無，她恨不得一頭溺斃在滾燙的熱潮裡。

一開始，她還有些不好意思，有些身為女性本能的害羞。但沒過幾分鐘，她就抵擋不住，直接埋首在男人的肩膀裡，隨後冰冷的手腳貼上男人的肌膚。

嗚，送上門來的弟弟，不碰白不碰。

男人滾燙的氣息拂過她的額頭，她可以清晰地聽見他心臟跳動的聲音，原本緩慢有節奏，可不知為何，逐漸變得紊亂而快速。

抱著這具人形熱水袋，李姝色後知後覺地開始回憶起他們之間的幾次肌膚之親。

然而，她想破了頭，居然發現——

他們似乎還沒有圓房？

怪不得啊，怪不得心跳這麼快，血氣方剛的弟弟頭一次抱著女人睡覺，怎麼可能會無動於衷呢？

李姝色的指尖似乎要被他肌膚的熱度給灼燒到，她低喃一聲。「好快。」

「什麼？」他聲音沙啞地問。

「你的心跳。」

沈峭扶額，他就不應該為了彌補今天晚上對她的口出惡言，而主動來暖她的身子！想到她昨天晚上抱著他胳膊才將就安睡一晚，於是今日便主動鑽進她的被窩，看她像隻八爪魚般扒在他的身上，原以為她會感激，沒承想……

她居然調侃起他的心跳？

沈峭深吸一口氣，努力平復躁動的心跳，軟玉溫香在懷，他自認不是什麼坐懷不亂的君子。

這邊李姝色有些幸災樂禍的同時，聽著他的心跳，安穩地進入夢鄉。

夢裡，她夢到自己站在一座火山上，四周升騰起的熱氣，幾乎要把她灼傷，她想要逃，卻怎麼也逃不開，像是被囚籠牢牢鎖住，四肢都舒展不開。

然後，她就醒了。

天剛朦朦亮，一睜眼就看到沈峭那張在她眼前無限放大的臉，眉眼舒展，睡顏安靜，活像是書裡用無數美好辭藻形容的睡美男。

李姝色欣賞美顏的同時，驚訝地發現，自己和他的身子竟牢牢地抱在一起，她嬌小的身軀幾乎要嵌進他的身體裡。

李姝色一僵，怪不得作了那麼一個可怕的夢，她一個人睡慣了，如今抱著一個男人睡，真的是有些不太習慣。

她趁著沈峭還沒醒，悄悄地收回自己手腳，隨後又往床另一邊移了移，轉了個身，繼續睡回籠覺。

當她再次醒來，沈峭和沈父都去了張二叔家，還未回來。

李姝色便打算飯後再去滴水湖那裡，她昨天在那邊看見了煮火鍋用的菌菇，今日想要採些回來，順便試調下火鍋底料。可惜這裡沒有辣椒，感覺火鍋的靈魂都少了一半。

而且沈家的調味料還是太少，她還要去看看別的人家有沒有讓她驚喜的調料。

印象中，原著有寫到，後來火鍋確實在京城流行了起來。

趁著現在沒人做火鍋，可以賣個方子啥的，還能小賺一筆。

這麼一想，李姝色渾身都充滿了幹勁，看著地上劈了一半的柴火，她也學著沈父的樣子，「喀嚓」一聲，將木柴劈成兩半。

沈母看到這一幕，寵溺地說：「阿色，放在那裡，等妳爹回來劈。女孩子劈柴傷手，要是起老繭，手可就粗糙不好看了。」

李姝色「哎」了一聲，笑道：「娘最疼我了。」

「妳呀，從小就是我看著長大的，早就把妳當作自己的親生女兒，妳就算不是嫁給峭兒，嫁給別人，這裡也還是妳的娘家。」沈母笑咪咪地看著她。

李姝色嬌嗔。「我才不要嫁到別家去，就要在娘家待一輩子，一輩子做娘最疼愛的女兒。」

這裡既是娘家、又是夫家的感覺，簡直太棒了。

她就跟著沈母一輩子，以後賺大錢孝順沈母！

母女倆說說笑笑一會兒，李姝色揹上昨天的背筐，打算出門了。

沈母叮囑她早點回來，她應了聲。她現在可不敢晚歸，以免被沈峭猜忌。

雖然沈峭昨天替她暖被窩，也算是道歉了，但是，她還是在心中畫了條底線，不能觸碰這條底線，否則他是會生氣的。

剛走沒幾步，突然看到前方有個肉球直直地向她奔來。

李姝色瞇了瞇眼睛，這才看清了來人，不是張地主家那傻兒子還能是誰？

地主的傻兒子面色紅潤，想必回家後又吃胖了兩斤，跑起路來，帶動腳下的塵土飛揚。

別人是「他會腳踏七彩祥雲來娶我」，到了自己這裡，怎麼就變成了「他會踩著灰暗塵土來見我」？

李姝色連忙捂住口鼻，後退兩步。

張孝良在距她兩步遠的距離停下腳步，臉上抑制不住的興奮。「阿色，我……我好不容易從家裡跑出來，終於、終於見到妳了！」

李姝色眼神淡淡，揮去眼前塵埃，語氣冷漠地道：「你為什麼要來見我？我與你是什麼關係？」

張孝良的臉上滿是錯愕，還以為自己找錯人，重重眨了兩下眼，傻乎乎地說：「阿色，妳今日怎麼了？我是妳最愛的小良啊！」

李姝色滿臉問號地看著面前的張孝良。

小良？看著面前這龐大的身軀，怎麼跟個「小」字也不相關。原主是怎麼好意思喊出「小良」這兩個字的。

等等，當初她似乎要喊的是「小……傻瓜」？後來，臨時改口才改成了「小良」。

李姝色輕咳一聲。「張大哥，你誤會了，我何曾與你有過私情？」

原主留給她的處處都是麻煩，她只能一個接著一個地收拾起來。

而眼前這個大麻煩，也是越快解決越好。

張孝良一聽急了。「妳說過，我們兩情相悅，如果不是我們被人抓住，我們如今已經在京城了啊！」

李姝色始終認為利用人的感情是一種下作手段，她本人在感情方面拎得清，什麼糾纏不清、藕斷絲連的事在她這裡絕對不會發生。

她後退一步說：「張大哥，我知道這村子裡有好多人笑話你傻，但是我知道，你其實並不笨。」

張孝良委屈地紅了眼睛，她以前就是這樣說的，她誇他聰明，知道爹娘把錢匣子藏在哪裡，還說他能神不知、鬼不覺地將錢偷出來，然後他就真的偷出來了。

李姝色繼續說：「那天晚上，我在天牢和你說的話，你一字不差地全部都記了下來。我其實心裡是感激你的，因為你救了我一命。」

張孝良聞言，瘋狂搖頭。「我、我不要妳的感激。」

他感覺阿色離他越來越遠了。

李姝色沒說話，深深朝著他彎下了腰，做出鞠躬的姿態。

張孝良嚇了一跳，臉色慘白地後退了好幾步。

李姝色的聲音低低傳來。「對不起。」

張孝良一個大男人，忍不住眼淚落了下來，聲音沙啞地喊她。「阿色……」

李姝色直起身子，溫柔的聲音卻是說著這世上最傷人的話。「之前是我利用了你，以後你莫要再找我了。你爹娘說得對，不要靠近我，否則你會變得不幸。」

張孝良嗚咽出聲。「我不要，阿色，妳一定是在騙我是不是？我很傻的，妳不要騙我，妳騙我，我就會相信的。」

李姝色卻固執搖頭。「我沒有騙你，如果你再來找我的話，我的夫君看見會吃醋的。」

一聽到她提夫君兩個字，張孝良像是反應過來般喊道：「妳根本就不喜歡他，妳喜歡的是我！」

李姝色滿臉黑線，她誰也不喜歡，只不過這個時候她不能這麼說，只是委婉地表達。「他是我的夫君，我是他明媒正娶的娘子，我怎會不喜歡他？張大哥，以前的事，你就當是一場夢，忘了吧。」

張孝良是好不容易才脫離下人的視線，又鑽了狗洞，才跑出來見她一面的。如今，聽到她這絕情話，哪裡還能夠忍得住，連忙上前一步，伸手緊緊握著她的雙臂，目眥盡裂地喊道：「我不要！妳一定是在騙我，是不是？」

李姝色被他突如其來的動作嚇了一跳，雙手猛地被抓，直接痛呼出聲。「你做什麼？放開我！」

然而，她掙扎的力道太小，完全掙脫不開。

就在這時，她身邊走近一個人，伸手一把抓住張孝良的手臂，狠狠地甩開，並且揮掌推開張孝良，語氣隱忍卻有著克制不住的怒火。「放開我的娘子！」

李姝色下意識地拉住他的袖子，後背驚出一身冷汗，滿腦子都是：他怎麼在這裡？他剛剛聽到了多少？他有沒有誤會什麼？

她好不容易在他面前劃清了與張孝良的界線，可不能在這個時候出包啊！

李姝色嘟著嘴巴，頗有些委屈地喊了聲。「夫君。」

先裝可憐再說。

沈峭壓制住心中的怒火，桃花眼沈沈地看向李姝色，語氣稍柔。「妳沒事吧？」

李姝色乖乖搖頭。「無事。」

「沈峭！」他們一問一答的和諧畫面，直接刺激到了對面的張孝良，他直接怒道：「阿色根本就不喜歡你，你當初也是被迫娶她，為什麼就不能成全我們呢？」

雖然她千般力挽狂瀾，但是架不住有一個萬般作死的豬隊友啊！

李姝色氣極。「誰說我不喜歡夫君？夫君他要才有才，要貌有貌，還是村子裡獨一個的秀才，將來也是要考取狀元的！張大哥，我剛剛與你已經說得很清楚了，你為何說這些話離間我們夫妻的感情？」

「離間夫妻感情」這六個字說得十分精妙，妙就妙在，落在兩個男人耳中，一個如遭雷擊，一個如沐春風。

她生得好看，說話也好聽，若是真想要讓人開心，只需說幾句好聽的話。

同樣若是讓人傷心，短短幾個字，也會讓人傷心欲絕。

和痛不欲生的張孝良處境不同，這六個字對沈峭很受用。

是的，他們是夫妻，有什麼事關起門來說也行，與旁人何干？

李姝色見兩個人都被她的話給唬住，心中不敢大意，連忙拉著沈峭的袖子說：「夫君，我們回去吧。」

沈峭眼神冰冷地看張孝良一眼，似是警告。「以後若是還敢糾纏我妻，定不會輕易放過。」

張孝良被他這一眼看得心裡直發毛，縮了縮脖子，一句話都不敢說。

李姝色跟著沈峭的步伐走進家門，沈母看見兩個人回來的身影，有些奇怪。「你們怎麼一起回來了？色兒不是要去滴水湖的嗎？」

「在路上碰到夫君，就和夫君一起回來了。」李姝色直接回覆。

「峭兒，你爹呢？」沈母看了看他們身後，沒有沈父的身影。

「爹留在張二叔家給傷者上藥，說血腥味重，就把我打發回來了。」沈峭回道。

沈母便不再繼續問下去。

進了房間，李姝色放下空盪盪的背筐，上前好奇地問：「夫君，那人醒來了嗎？」

「醒了。」沈峭坐下，活動了下剛剛推人的手腕。

李姝色順勢坐在他的身邊，追著問：「可是看出有什麼不妥之處？他會不會也是三皇子的人？」

沈峭定定看她一眼，眉頭微微挑起。「妳似乎對京城、對三皇子很感興趣？」

這是哪裡的話，難不成將張孝良剛剛說要去京城的話給聽了進去？

李姝色訕訕道：「夫君，你別多心，我只是好奇罷了，畢竟這輩子長這麼大，還沒有去過京城。至於三皇子，他是天之驕子，也不是我能好奇的人。」

沈峭聞言，說出了自己的分析。「那人的確醒來過一次，但是張二叔換藥的時候，被嚇了一跳，如果今日父親不去，他估計也是要找上門來的。」

「怎麼了？」

沈峭欲言又止。「那人……那人……」

李姝色更加好奇。「那人究竟怎麼了？」

「那人……應該是宮裡的太監。」

「啊？」

李姝色尷尬地拿起水杯，囫圇將茶水全部喝下。

沈峭沒來得及阻止她，這是他剛剛在她放下背筐時，倒的一杯水，自己剛喝過一小口。

話到嘴巴，嚥了下去，話鋒一轉。「千真萬確，爹換藥的時候，也確認過。」

這可不是件小事！

第十一章 玉珮

李姝色腦中快速回想了下原著。

原著中男主角是皇后收養的皇子，雖是收養，但兩人僅僅是表面的母慈子孝，皇后有自己的兒子，她自然處處防著男主，又一心想要將男主角變成自己兒子的墊腳石。

按照時間線來看，估計就在不久前，男主角應該知道了自己母妃身死的秘密，所以不願再成為仇人之子的擋刀棋子。

而他的「不聽話」恰恰就給自身引來了皇后的殺機。

皇帝那個寶座只有一個人能坐，雖然大魏沒有上演「九龍奪嫡」那般慘烈的兄弟相爭，但是此起彼伏的算計也不少。

皇位之爭，皇后的親兒子二皇子算一個，男主角算一個，而皇上的大皇子，也就是現在的「太子」也算一個。

哦，現在的「太子」乃是先皇后所生，據說是在先皇后快要嚥下最後一口氣的時候，皇帝封的。

太子和皇后所出的二皇子爭得正如火如荼，但是現在男主角醒悟，迅速崛起，自然也成了那二人的眼中釘、肉中刺。

所以，此刻重傷在村裡的太監是誰的人呢？皇后的？太子的？還是男主角的？

李姝色神色有些凝重。「夫君，我有一句話，不知應不應講。」

「妳說。」

李姝色語氣沈重道：「皇家之事，吾等平民本不應參與。天家無情，誰知道他們為了掩蓋自己的秘密，會做出什麼樣的事？

「幸好昨日，爹爹和張二叔將人帶回來的時候是晚上，估計村子裡也沒別人知道，我建議此事不宜外揚，等那人傷好後，就讓那人趕緊走吧，也叮囑他這個村子不足為外人道也。」

真不是她杞人憂天，誰知道那些皇室的人為了保住自己的秘密，會做出什麼喪心病狂的事？

古代將領占領城池後，屠城都是尋常事，更別談殺戮一個小小的村子。

救人是心善的好事，但是心善而惹上了事，可就麻煩了。

所以，李姝色才會有此一說。

沈峭聞言，雖有些驚訝她居然會有這樣的心思，但是好巧不巧，與他想到了一處去。

這也是他偏要跟著爹去張二叔家的原因。

他雖驚訝於李姝色如此敏銳的心思，面上卻不顯。「我已叮囑過爹和張二叔，還好我去得早，此事應該還未外揚，只有我們兩家知曉。」

李姝色心中微驚，大佬不愧是大佬，她昨晚剛與他提了一句三皇子，他今日就想到去看那重傷之人，並且同時捂住這件事。

真乃一顆七竅玲瓏心，可惜之後走錯了路，若是走在正軌上，哪裡會是人們口誅筆伐的奸臣？

那將會是名垂青史，人人誇讚的好官啊！

想到這裡，李姝色坐得離他近了些，一雙水眸閃爍，好奇地問：「夫君，我能請教你一個問題嗎？」

沈峭聽她這柔順話語，一邊拿起她喝過的水杯倒水，一邊低低「嗯」了聲。「妳問。」

李姝色直言不諱。「夫君，我好像從來都沒有問過你，你當年為何選擇讀書？」

其實，讀書對於普通農戶而言，甚為不易。就整個鍾毓村而言，能夠讀得起書的不過寥寥幾戶，而沈峭則是最有出息的那個。

沈峭抿了口茶水，水沾上他的唇瓣，讓略顯蒼白的唇色微微泛起了紅，看起來氣色好了許多。嚥下這口水，稍頓三秒，他才開口答。「做官。」

多麼簡短的兩個字，李姝色並不感到意外。

因為他心中不僅僅是要做官，而且還是想要做大官的。

李姝色又問：「做官是為了想要造福百姓嗎？」

沈峭聞言，耳尖突然奇跡般地泛了紅，眼眸下垂，聲音卻很堅定。「嗯。」

李姝色的心微微一跳。

她寧願相信，大佬此刻並沒有騙她。

可是為什麼，他進入京城後，就與初心相悖，與他如今所想背道而馳了呢？

李姝色勾起唇，期盼道：「我相信，夫君定能成為忠君愛國、清正廉潔的好官。」

就當是「洗腦」吧！沈峭啊沈峭，定要記住你今日說的話。大家相識一場，我也不希望你落得原著那般下場。不僅連累到沈父、沈母，並且還有可能，一併連累到我。

不知道為何，當這句話從李姝色口中說出來後，沈峭並不會覺得這是種希冀或者討好，而是種告誡。

他有些不懂，她為何會有這種心思？

不過無妨，她這些天身上的秘密已經夠多了，他慢慢破解便是。若是太早看清，未免太無趣了，不是嗎？

如果他現在還看不清眼前這副皮囊裡的靈魂已經換了個人，那他真就是太蠢了，況且「她」的演技著實拙劣。她本應該像從前那樣高高在上、頤指氣使的，若是那般，他可能就看不出來了。

可惜她不會那般演，而他的視線這兩天又正好關注她多了些。

沈峭伸手拍了拍她的頭，眼神幽幽地看著她。「好，定不負娘子期望。」

娘子？這人怎麼突然喊她娘子？

拿不准大佬心思的李姝色，微微偏開頭道：「夫君，你溫書吧，我還要去一趟滴水湖。」

「去那麼遠做什麼？昨天不是已經將野菜挖回來了？」沈峭問。

「昨日挖的還不夠，今日再多挖些，若是再晚幾天，可能就被人搶光了。」李姝色沒有和他說自己要賺錢的心思，而是打起哈哈來。

之後，她獨自一個人走在小路上，雖然昨天孫媛只帶過她走過一次，但是她記性不錯，還能記清楚去滴水湖的路。

路邊風景不錯，草木葳蕤，灌木叢深，成群結隊的鳥兒低低飛過，路上不知名的野花也立起了骨朵兒。

張秀秀和李姝色絕交的消息，自然也傳到了張素素的耳中。

張素素在痛罵張秀秀蠢貨的同時，不禁有些惱怒張秀秀接觸李姝色的路斷了。

本來事情按照她想的那般發展得好好的，李姝色那個蠢貨和張孝良那個傻子私奔，這樣沈峭就可以名正言順地休了她，秀才夫人這個位置就空了出來。

可惜了，李姝色居然活著回來，峭哥哥居然還在眾人面前維護了她！

想到這裡，張素素咬緊了後槽牙，她現在手頭沒有別的可以賄賂張秀秀，得給她點甜頭，讓她繼續誘騙李姝色才好。

忽然，她腦中一閃而過爹娘錢匣子裡的那塊玉珮，心中微動。

爹給那人上藥之後，便和娘以及哥哥們下地種田，沈叔叔也回去了，此刻家裡就她一個人。

她放下手裡的工作，偷偷推開爹娘的房門。

反正這塊玉珮，爹娘也是隨意擱置，她就算是給了張秀秀，或者拿到縣城裡賣了，也不打緊。

她悄悄地翻找，終於找到了那個錢匣子。

錢匣子裡的錢她自然是不敢動的，若少了一分錢，今日只有她一人在家，爹娘肯定會怪罪到她頭上。

所以，她只動那枚玉珮。

其實，她也就看過那麼一眼，當真是一塊不可多得的玉料雕琢而成，正面刻著栩栩如生的鳳凰，背面則刻著「李」一字。

她當年也隨著沈峭哥哥跟著老秀才學過幾天字，後來又因著想要跟峭哥哥多待會兒，便經常以探討學問之名找他，所以認得這個字，便是「李姝色」的「李」字。

所以，她不喜歡這塊玉珮，典當或是送人，也遂了她的心意。

她正要把玉珮拿出來，慌忙要揣進自己懷裡的時候，突然身後傳來一聲呵斥。「誰？」

她被嚇了一跳，「啊」了一聲，通體雪白的玉珮應聲墜地。

到了滴水湖，李姝色放下背筐，展開雙臂，深深吸了一口氣。

她看向不遠處的嶼君山，早就聽聞這座山，總得要找個機會去看看才是。

不過，山裡的野物眾多，她一個弱女子貿然進入，不小心丟了命也有可能。

所以，記憶中的幾次爬山，都是跟著沈父一起，畢竟沈父現在可是有經驗的老獵手了。

李姝色拿起鐮刀，奔向她心心念念的菌菇，她昨天看到了，不過筐子被野菜給裝滿，實在沒地方放，所以今日才又不甘心地再來一趟。

她剛採摘沒幾顆，突然身後傳來一道聲音。「別動！」

李姝色被這悶聲嚇了一跳，手裡的鐮刀差點割到自己的手，皺眉轉身，想要看清嚇唬她的人是誰。

沒想到，看到的正是賊眉鼠眼、瞧著就不是什麼好人的張二麻子。

村子裡總有一、兩個遊手好閒且人棄狗嫌的漢子，張二麻子便是這麼個人。原名張遠，家中排行老二，又因鼻翼兩側長滿麻子，所以村裡大多數人這般喊他。

看著他一步一步接近，李姝色警惕地站起身，眼神睨著他問：「張二麻子，你怎麼在這裡？」

李姝色完全沒有意識到，張二麻子是在什麼時候靠近她的。

張二麻子鬼鬼祟祟地又上前走近兩步，小眼睛盯著李姝色猛瞧，雖然這張臉和之前沒有分毫改變，但是她今天怎麼看起來比之前好看許多？

他肚中沒有半點墨水，所以就只能想到仙女下凡這樣的詞，看著看著，眼中的慾望再也掩藏不住。

他嚥了口口水道：「阿色，我們何必如此生分？如果不是沈峭那小子橫插一腳，我們不早就已經成親了？」

李姝色頓時渾身感到一陣惡寒，冷笑。「青天白日，你在作什麼夢？我就算不嫁給沈峭，也不會嫁給你！」

腦中閃過當時原主跳河的畫面，冰涼的水一點一點淹沒她的身體，隨後她整個身子沈入水中，撲面而來的窒息感，幾乎瞬間就要奪走她的命！

幸好，那時有村民路過救了她。

也幸好，那時沈峭肯娶她。

當然，張二麻子當時也厚顏無恥地上門求親過，自然是被沈母一棒子給打出去，沈父也跟著踹了好幾腳，說即使沈家養她一輩子，也斷不會把她嫁給他！

李姝色手中握緊鐮刀，她從來不是個柔弱的人，在現代也練過跆拳道，她手裡有刀，又會些拳腳功夫，對付張二麻子這樣的人，綽綽有餘。

張二麻子邪笑一聲，搓著雙手說：「阿色，妳在說什麼氣話？那個沈峭身無二兩肉，他晚上能滿足妳嗎？」

李姝色看著張二麻子逐漸逼近的身子，眸中冷光一閃。

玉珮落地卻沒碎，被來人一把接住，但是他好像不堪重負般，跟著重重倒在地上。

張素素看到來人，心中定了定，是昨日晚上爹爹和沈叔叔救回來的人。

他不是傷得很重嗎？怎麼現在就能下地了？

只見這人雙眼死死地盯著玉珮猛瞧，隨後伸手一把抓住張素素的腳踝，啞著聲問：「這個玉珮，是妳的？」

張素素的腳踝傳來一陣痠痛，她心中有些害怕地點了點頭。「是……」

這人聽到她的回答，突然哈哈大笑起來，緊緊握著玉珮，喊道：「找到了，終於找到了！」

張素素看見他這瘋魔樣子，猛地一抬腳踢開他的手腕，隨後便跨過他，提著裙襬跑了出去。

其實，這個人長得並不差，與她差不多大的年紀，一張臉長得白白淨淨，連根鬍鬚都沒有，如果不是有高大的身軀，乍看還以為是女人。

但是，爹爹不讓她靠近他，具體原因也沒說，就只搖頭道了句「可惜了」。

什麼可惜了？

跑到外面的張素素平復了心跳，但是一點都聽不見裡面的聲音，她慌忙轉身走進去。

只見那人躺在地上一動不動，手心裡還死死捏著那塊玉珮，她上前兩步，蹲下身子，推了推他。「喂，你還活著嗎？」

他已然昏死的樣子，口中卻喃喃出聲。「娘娘，找到……公主……」

第十二章　公主

李姝色沒有想到，張二麻子居然真有這麼大的膽子，光天化日就要對她心懷不軌！

她直接一個閃避，隨後抓住他的手臂，狠狠往他身後一折，隨之「喀嚓」一聲響，伴隨著慘叫聲，她伸腳踢在他的膝蓋後，逼得他單膝跪下。

「疼！疼！疼！」張二麻子再也不見剛剛的囂張神色，額頭瞬間爬滿冷汗，嘴角更是不停抽搐。

這時，李姝色將鐮刀架在他的脖子上，陰沈沈地在他耳邊威脅。「若是還敢有下次，我就一刀割下去，再把你沈入滴水湖，讓你永遠腐爛在湖底。」

張二麻子的心跳都快被嚇得停止跳動，冰涼的刀鋒貼在他的脖頸處，泛著冷冽的光，他身子不停哆嗦地說：「妳、妳敢！」

「呵。」李姝色微微一劃，瞬間他脖頸處有血珠冒出，沈聲道：「你不是瞅準了這兒沒人，才敢對我行凶的嗎？我現在把你殺了，沈屍入水，誰能看見，誰又能想到？

「你說，」她的聲音更低了。「是不是神不知、鬼不覺啊？」

張二麻子被嚇得汗毛直豎，立馬閉著眼睛求饒。「姑奶奶，我錯了，我真的錯了！妳放過我這次吧，我以後再也不敢了！」

李姝色這才收回威脅他性命的鐮刀，有些嫌棄地後退一步，道：「還不快滾！」

張二麻子忙不迭地哀號著連跌帶爬地跑了。

上次張孝良抓她的手臂抓得太猝不及防，男女力量懸殊，所以她掙開不了。但這次不一樣，一來她手裡有刀，二來她又有戒備，三來張二麻子骨瘦如柴，塊頭大約只有張孝良的一半，所以她對付起來也更加容易些。

她甩了甩突然用力而痠痛的手腕，隨後去滴水湖邊洗了把手。

經過剛剛這一折騰，又浪費不少時間，看著西斜的太陽，李姝色抓緊挖菌菇的時間。

回村路過孫嬸子家的時候，看見孫媛在家門前澆菜，看見她開心地喊了聲。「阿色姊！」

李姝色上前摸了摸她的腦袋，問：「妳娘呢？」

「在家做針線活呢。」孫媛回她。

孫嬸子一人帶著孫媛也是不易，白天除了基本家務，還要下地種田，有空閒的時候，還要做些針線活去縣城裡賣。

這個村子大多數婦人都是這般，連沈母也是。

只不過李姝色被沈母嬌慣壞了，剛開始學習刺繡的時候就被刺傷了手，之後說什麼也不肯學了，沈母也都由著她。

李姝色進了屋，果然看見孫嬸子在繡東西。

孫嬸子看見她來，連忙起身。「阿色，妳怎麼過來了？」

李姝色將背筐放下來，邊放邊說：「我今天下午挖了野菜和菌菇，帶了些給妳們母女倆。」

孫嬸子剛要說謝謝，待看到她筐子裡的菌菇時，突然臉色大變。「阿色，妳怎麼把這給挖回來了？」

李姝色好奇。「怎麼了？」

「這東西，有毒的呀！」孫嬸子眉頭皺起。

有毒？怎麼可能？

李姝色想到剛剛張二麻子喊她別動，難道是因為看到她在挖「有毒」的菌菇？

她連忙解釋。「嬸子，妳誤會了，這是菌菇，沒有毒的。」

孫嬸子滿眼的不相信。「不不不，這就是有毒的，早幾年，我們村子裡有人吃了這中毒死了。妳是在滴水湖那裡摘的吧？這東西也就那裡才長！」

李姝色的腦子裡沒有這段記憶，不過也不奇怪，原主保持的可是「大門不出，二門不邁」的閨秀人設。

她有些無奈地笑。「嬸子，妳放心，這個沒有毒，等我回家炒完，我吃給妳看。」

「阿色，妳就聽我的吧，這長得黑糊糊的，就是有毒的。」孫嬸子聞言，語氣都開始有些急了。

李姝色剛剛在滴水湖旁的確看到了不可食用的毒蘑菇，它們顏色鮮豔，採摘後還會變色。不過，她知道哪些有毒，所以就只採摘了這點可食用的菌菇。

想著孫嬸子一時間不能接受她的話，李姝色敷衍地點了下頭。「知道了，嬸子，我會注意的，妳先收著這些野菜。上次妳給我的雞蛋，我讓娘燉給我家夫君補身子了，娘還讓我謝謝妳。」

「大家都鄉里鄉親的，這麼客氣做什麼？」孫嬸子笑了。

出了孫家的門，李姝色就往家的方向走，還未走近，就聽到裡面有爭論的聲音。「沈叔，嬸嬸，沈峭，你們就信我吧，她真的不是李姝色！你們看我的脖子，到現在還在流血呢！

「她就這樣，把我的手臂一折，就把我踢得跪在地上，她哪裡來的這麼大力氣？肯定是妖怪附體了！你們一定要告訴村長，她這個妖孽，就要把她給燒死！」

李姝色呼吸一窒，她聽出裡面說話的人是誰。

張二麻子居然還敢到她家告狀？是嫌她剛剛打得太輕了嗎？

她原本想推門進去，但是雙手像是被綁住千斤重的東西般抬不起來。

她不是演員，不會演戲，也不會玩什麼失憶梗。

她知道，這幾天的所作所為落在沈家一家人的眼中，就是異樣。只是，她沒有想到，戳穿這件事的人居然會是一個外人，張二麻子。

度。

不過，事情竟然已經被戳穿，她不妨站在這裡聽，聽聽沈家一家對她的轉變是什麼態度。

李姝色知道，她現在就是在考驗人性，但是她在這個世界一無所有，什麼也不能再失去，若是得到什麼，便是老天額外的恩賜。

頭一個出聲的是沈母。「你在胡說什麼？什麼阿色不是阿色，什麼妖怪附體？你再亂說話，我就像上次那樣拿大棒子把你給打出去！」

李姝色心頭一暖，就沈母這句話，她決定了，定要盡力將沈峭往正道上引，以免沈母落得個白髮人送黑髮人的悽苦境地。

沈父也接著道：「張二麻子，阿色在我們家這麼多年，我還不瞭解那孩子嗎？她是變了，變得更好、更會疼人了！你再胡說八道，我可就不客氣了。」

李姝色的變化，不僅沈峭看在眼裡，沈父、沈母也不是瞎子。

沈父之前跟沈峭父子倆一起劈柴的時候，還討論過這件事，沈峭與他說：「她是變了，但是爹，變得更好了不是嗎？」

沈父深覺有理，甚至覺得是自己不久前給自家立了祖墳的緣故，沈家的老祖宗在保佑他們家呢。過兩天清明節的時候，他可得要好好祭拜一下。

李姝色聽了半晌，沒有聽見沈峭說話，按理說這個時候，他是該發話的，怎麼一個字也不說？

就在她疑惑的時候，終於傳來男人平靜的聲音。「她是我的妻，無論變成什麼樣子，始終都是我的妻。你不會以為挑撥兩句，我就會休了她，把她趕出家門，等她無處可去的時候，你就可以娶她了吧？」

一針見血，短短一句話道出張二麻子此次挑撥離間的目的。

李姝色終於推開了門，一進去就橫眉怒目。「好你個張二麻子，居然還敢出現在我面前？我剛剛與你說的話，你全然都忘記了嗎？」

看到李姝色怒氣衝衝的樣子，張二麻子居然毫無預兆地腿軟了下，隨後更是跳腳地欲往沈家二老身後躲，卻被沈峭一下子識破，拉著二老遠離了他。

李姝色輕蔑地看一眼躲著她的張二麻子，隨後一頭撲進沈母的懷裡，臉上梨花帶雨地哭訴。「娘，您都不知道剛剛張二麻子要對我做什麼……他竟然想要輕薄於我！幸好我手裡拿著鐮刀，否則……否則我真沒臉見人了！」

「什麼？」沈家一家人臉色大變。

特別是沈峭，即使是頭繫紗布也遮不住的怒容，唇線抿直，眼中更是道道寒光。

張二麻子此刻也慌神了。「明明是妳！妳打傷了我，妳還割我喉了！妳、妳惡人先告狀！」

呵，李姝色掩去眼中冷光，擦了擦眼角並不存在的淚花，哽咽著道：「你心存不軌，難道還不允許我反抗嗎？」

這話一出，沈家父子再也按捺不住，一人抄起大棒，一人拿起掃帚，直直地就往張二麻子撲了過去。

張二麻子嚇得大叫一聲。「沈叔，沈峭，誤會，都是誤會！你們別過來，別過來啊！」

張二麻子是被追著打出沈家院子的，李姝色看著他的慘狀，忍不住勾了下唇。

沈母卻略顯擔憂地看著她。「阿色，妳沒事吧？」

李姝色已經恢復如常，搖搖頭說：「沒事。」

「真的沒事？」沈母很不放心。

「真的。」李姝色笑著問：「娘，您怎麼不問問我，怎麼制伏張二麻子的？他脖子上的傷可是我割的。」

「割得好！對付這種卑鄙無恥之徒，就應該這麼做！」沈母握緊了她的手。

這時，把張二麻子趕出去的沈家父子二人也去而復返，沈峭看她一眼，問了聲。「沒事吧？」

咦，大佬居然知道關心她了？

李姝色回道：「沒事，有事的是張二麻子。」

沈峭「嗯」了聲，便揮揮袖子，進屋繼續溫習了。

沈父因為那重傷之人，要在家待兩天，和張家二叔約定三日後再進山。

李姝色放下背筐，將裡面的東西拿出來，沈母一看到那菌菇，表情和孫媱子如出一轍。

「阿色，妳怎麼把這給挖回來了啊？」

「娘，這個沒有毒的，非但沒有毒，並且非常好吃，您就等著，吃我的拿手好菜吧。」李姝色寬慰她道。

沈母還是一副難以置信的樣子。「可是……可是明明有人吃這個死了呀！」

「滴水湖那邊的確有不少毒蘑菇，不過毒蘑菇大多顏色鮮豔，我採的這些顏色並不鮮豔，所以是無毒的。」李姝色解釋了下。

不過，看著沈母不太相信的樣子，她也不強求，只道：「娘，今天晚飯就交給我，您先去和爹休息，等做好了，我再叫您。」

再次回到廚房的李姝色，還是遇到了和上次一般的難題，她不得已轉身進了屋，在房門上敲了兩下，探進一顆腦袋，問屋中人。「夫君，有空幫我個忙嗎？」

沈峭放下手中書，看了眼天色，站起身來道：「有空。」

李姝色感覺大佬好像比之前更加容易親近了些，也不知道是不是自己的錯覺。

所謂，男女搭配，幹活不累。

果然，一人燒火，一人做飯，這效率就提升了。

張二叔家。

張家二老和張素素都圍繞在床頭，盯著他手裡的玉珮有些發愁。

張二嬸子忍不住開口罵張素素。「妳怎麼看家的？怎麼讓他把玉珮給翻出來了？」現下可好，怎麼拿都拿不出來，又不敢使力，害怕不小心把玉珮給摔了。

張素素心中委屈，癟著嘴巴不敢言語。

誰知道，這人的手勁這麼大，她掰了半天，也沒能把玉珮給拿出來，直到爹娘回來。

「現下可怎麼辦？按理說，看他穿著也不差錢，怎麼就偷上我家的東西了？」張二叔皺著眉問。

「我們直接把他的手砍斷，拿回我們的玉珮，然後把人丟出去得了。」張二嬸有些厭惡地說。

「不行！」張素素立馬脫口而出。「我們不能這麼做。」

這人要是沒了手，還能活嗎？不就是一塊玉珮，哪有人的手重要？

「妳閉嘴！」張二嬸又罵她。「這裡沒妳說話的分，等一下我再跟妳算帳。」

張素素更加委屈了，不就是一塊玉珮？本來也不是他們家的，拿出去典當了還能賺點錢回來，如今就擱置在錢匣子裡，可不就是塊死物？

聽見母女倆吵架，張二叔出來打圓場。「好了，妳們都少說兩句。沈峭說得對，他來路不明，很有可能是京城的人，我們不能自惹麻煩。等一下他醒了，就讓他放下玉珮，趕緊走人吧。」

一聽說讓他走，張素素有些不高興地嘟起嘴巴，卻也不敢反駁。

就在這時，一直緊閉雙眼的男人終於緩緩睜開眼了。

張素素面上湧現喜色，彎著身子問：「你醒了？」

那人看到她，眼珠子先是愣了下，隨後張開蒼白的唇，聲音沙啞得像是吞了把沙子般，他說：「公主……殿下。」

公、公主？

在場的三人都震驚得瞪大了眼睛。

第十三章　洞察

沈家二老的育兒經頗有意思，若是細說，竟是有些重女輕男。

女兒嬌生慣養，兒子倒養得十八般武藝樣樣精通。

就比如現在，李姝色洗菜的時候，沈峭還能拿著鍋鏟翻炒兩下，有模有樣的，竟像是個老手！

李姝色將腦袋湊過去，有些好奇。「夫君，印象中你這是第一次炒菜吧？」

沈峭專心炒菜，淡淡地「嗯」了聲。「看妳的樣子學的。」

她也就在他面前炒過那麼一次菜吧？他這學習能力簡直逆天了。

李姝色不得不再次感嘆人與人之間的差距，雖然她之前也是被人追逐的第一，但是現在她才真正體會到什麼叫人外有人。

她第一次不帶任何討好心思地感嘆。「夫君真的好厲害，我第一次做飯的時候，還差點燒了廚房呢。」

可不，那天晚上，他就是看到滾滾濃煙，才出來幫她燒火的。

李姝色將洗好的菌菇下鍋，沈峭看見也沒有問，只一味地翻炒。

這下不淡定的人倒成了李姝色，她挑眉。「夫君，你難道就不好奇，我為什麼篤定這菌菇沒有毒？」

「沒有毒。」他回。

李姝色眉頭揚得更高了。「你又為什麼如此篤定？」

「死的是虎子，那天我去了。」他看她一眼，眼睛明亮清澈。「他當時吃的不僅僅是這菌菇，還有妳說的顏色鮮豔的蘑菇，是那些蘑菇讓他中了毒。而那些毒蘑菇翻炒之後，顏色變暗，和這些菌菇有些相似，所以村裡的人才會認為它們都有毒。」

想來，也該是如此，不過……

李姝色卻繼續追問。「夫君，你又憑什麼篤定我說的就是對的，如果那些顏色鮮豔的蘑菇沒有毒，反而是這種菌菇有毒呢？」

沈峭翻炒的手一頓，好似沒有預料到她會這麼問，鴉羽睫毛輕微眨動，眼眸下垂，薄唇輕輕吐出令人膽寒的話——

「那就一起毒死吧。」

李姝色眯了眯眼睛，這人真不愧是全書最大的反派，他只是平時隱藏得太好，骨子裡還是有著毀滅的慾望。

她輕輕嘆一聲，將反派大佬拉回正道上，任重而道遠啊。

「夫君胡說什麼呢？什麼死不死的，多不吉利。我自己做的飯，自己也要吃的，我怎麼可能會害自己呢？」

沈峭聞言，沒有搭話。

李姝色撇撇嘴，見他翻炒得差不多了，便端起盤子將菜盛起來。

一家四口圍著方方正正的飯桌坐下，沈母卻看著眼前的菜很是為難。

雖然聞著挺香，但是真的能吃嗎？

當年虎子的死狀還刻在她腦子裡呢，她有些害怕當年李姝色沒有去看，所以不知道這毒物的厲害。

李姝色先是動了一筷子，剛挾起來，就被沈母喊住。「阿色！」

看著沈母欲言又止的模樣，李姝色給了她一個放心的眼神。「娘，您放心，沒事的。」

隨後，盤子裡多了另一雙筷子，拿著筷子的手骨節分明，指甲被修得齊整，尾部還有好看的月牙彎，手的主人也跟著挾了塊。

沈母的心提得更高，差點摔了手中的碗。

李姝色本以為沈峭戒備心重，會等她吃完他再吃，沒承想他居然毫無顧忌，在她愣神疑惑的工夫，率先將蘑菇送進了嘴巴裡。

她手一抖，差點把菌菇弄掉了，所以大佬這是在給他們試毒嗎？

李姝色問：「夫君，好吃嗎？」

沈峭吃相優雅，不疾不徐，細嚼慢嚥，像是貴族公子哥兒的做派，看起來很是養眼。

「妳的手藝，」他頓了下，又繼續。「向來不錯。」

向來？這也才第二次吃她做的飯吧？大佬誇人都不打草稿的嗎？

不過，她很受用就是了。

沈母這才鬆了口氣，當時腦子轉過好幾個念頭，如果這些菌菇真的有毒，她也吃死算了，也好過讓她白髮人送黑髮人。

不過，阿色怎麼好端端地搗鼓起這些菌菇了？

壓下心中疑問，沈母也挾了一塊，放進嘴巴裡，瞬間味蕾享受到極致的愉悅，道一句。

「真香！」

李姝色在飯間打聽到，菌菇長的地方還真不多，目前就滴水湖旁可以看見。

加上幾年前出了虎子那件事，縣城裡都來人了，一開始以為是投毒案，沒想到在虎子的碗裡用銀針測出了毒。當時仵作就稱這菌菇有毒，縣令大老爺還發了告示，告誡百姓勿食用菌菇，還貼心地把它的樣子畫了上去。

李姝色覺得現在倒是一個好的契機，等她再把火鍋底料調出來，或許就可以去縣城裡的酒樓談合作事宜。

任何世界，錢不是萬能的，但是沒有錢卻是萬萬不能的。

沈峭看到李姝色的眼珠子滴溜溜地轉，也不知道在打什麼主意。

以前的她雖跋扈，但是能被他一眼看透，如今渾身上下透著一股謎，讀書之餘，竟被她分走了不少心思。

漱洗後，李姝色很是機靈地敞開被子，露出旁邊的被窩，笑咪咪地道：「夫君，趕緊睡吧，明日再早起讀書。」

人形暖爐實在合她心意，等離了這恆溫暖爐後，她以後的漫漫冬夜將如何度過？

不過，這個想法只有一瞬，等以後她賺錢了，蓋更暖和的被子，再灌幾個湯婆子，怎麼睡都能睡，也不一定非要這人形暖爐吧？

經過昨夜與矜持的鬥爭，到底舒服占了上風，李姝色等沈峭上床後，抓著他的一條胳膊，靠著他的肩膀就閉上了眼睛，心中更是喟嘆一聲，好暖和。

第二天一早，李姝色起床後沒有看見沈父，疑惑地問了沈母。

沈母回她，說是那個在張二叔家重傷的人身子好了些，今兒個一早就離開張家走了。

張二叔也沒多挽留，等人走後，就來到沈家，告知那人已走的消息，並且把進山打獵的事提前了。

他們想要趕在清明節前，多打些獵物回來。

李姝色沒有去張二叔家看過那個重傷的人，但是瞧著沈父身上的血跡，就知道那人傷得不輕，怎麼才休養兩、三天就回去了？

不過轉念一想，他畢竟是個太監，如果再不回去，被宮裡的人發現可不得了，他的身分也比不得尋常人，消失兩、三天已是極限。

她便沒把這件事放在心上，反正不管那人是不是男主角的人，她已經把小盒子交給沈峭，也不可能再將盒子交出去。

她是決意要給沈峭與男主角相識鋪路的。

沈峭在房間裡溫書，李姝色則在小廚房努力調製火鍋底料。

她和沈母走遍了四鄰，才求得一些別的調料，這些調料珍貴，李姝色還得要省著點用。

沈母雖然不知她要幹什麼，卻樂意支持她，知道她臉皮薄，所以特地跟著她一起去。

沈母對她的情分，李姝色通通都記在心裡。她上輩子不知道媽媽長什麼樣，這輩子也許是老天為了彌補她的這份缺憾，才會讓她遇到沈母。

李姝色做起事情來全神貫注，一點都不在意周圍的環境，而等她稍稍放鬆心神的時候，院子裡的聲音自然也傳進了她的耳朵裡。

「峭哥哥，我近日讀了《三字經》，裡面有些地方看不懂，想要請教你，但是又怕打擾到你，我知道你正在為秋闈勉力。」

小姑娘溫溫柔柔的話語，又帶著三分善解人意，尋常人聽了，心裡都是熨貼的。

張素素怎麼來她家了？這麼搭訕她的夫君，當她是死人嗎？

李姝色挑眉，身形一動，躲在門後，透過門框的縫隙，好奇的目光使勁地往外瞧。

沈母拿著繡品出去串門子了，估計一時半刻回不來。

家裡現在就只有她和沈峭兩人，而李姝色一直在廚房裡，張素素還真有可能不知道她也在家。所以，也不顧及什麼避嫌，直接進院和沈峭搭話。

李姝色其實有在對原著的記憶中尋找過張素素的敘述，但是並沒有一絲發現。

畢竟，她這個反派大佬的前妻就只有寥寥幾句話，更別談張素素這個僅僅是大佬的愛慕者了。如果她是炮灰，那麼張素素頂多就是個路人甲。

而沈峭二婚娶的公主，才是原著中與男、女主角對抗到底的女反派，一個極有分量的女配角。

李姝色透過縫隙，能夠看到沈峭挺拔的身形，以及他自然垂落腰際的烏髮，頭頂只紮了條髮帶，簡潔而俐落。

他對面站著張素素，兩頰微紅，穿著身荷葉繡邊的淡青色襦裙，看起來清新淡雅，也不失俏麗，頗有幾分嬌羞。

她心裡嘖嘖兩聲，這算什麼，偷窺還是捉姦？

李姝色咬了下下唇，看得更起勁了。

沈峭面對張素素的困惑，語氣禮貌地道：「有何處不懂？」

張素素先是愣了下，隨後才看似困惑地問：「玉不琢，不成器。人不學，不知義。素素有幸跟著你和老秀才學過字，但是村子裡還有其他女孩，她們連自己的名字都不會寫。其實素素與她們沒有什麼不同，作為一個女孩子，當真可以因為識字而成器嗎？」

那人走了，可是那人竟說自己是公主……

震驚、狂喜、興奮之餘，害怕隨之而來。

她想飛上枝頭變鳳凰，但是她又怕，她實則沒有那個命。

沈峭聞言，溫言開導。「讀書識字，是為了讓人知曉這世間的道義，這對於男女而言，並沒有分別。不必束縛於女子身分，女子無才便是德這類的話，我向來不信。這書，男子習得，女子也是一樣。妳只管好好學，至於最終能不能成器，我不敢多做論斷。只能說，一切交給天意。」

張素素越聽眼中越亮，而李姝色也是滿眼的震驚。

她萬萬沒有想到，沈峭居然能有此思想高度，在這男尊女卑的世界裡，可謂難能可貴！

張素素也是頭一次聽到這種言論，她當年興沖沖地要和峭哥哥一起識字的時候，哥哥們還笑過她，說她一個女孩子，讀書識字有什麼用，以後還不是要嫁人的？

後來哥哥們還跑去告訴爹娘，爹娘也說了相似的話，說女子無才便是德，識字不如會些刺繡功夫，以後還能補貼家用。

可是，她見峭哥哥因為讀書，舉止言談都與他們這些人不同，她到底是豔羨和不甘的。

她不想離他越來越遠，她想要成為和他一樣的人！

此刻張素素眼中的光幾乎要溢出，全部投射在沈峭身上，連李姝色這個外人看來都覺得牙酸。

她看不到沈峭的臉色，但是面對這樣眼露愛慕之色的女人，鮮少有人能夠抵抗住吧。

李姝色從門後走出，輕咳一聲。「喲，這不是素素妹子嗎？今日怎麼有空來我家串門子？」

張素素聽到李姝色的聲音，臉色微變，隨即恢復過來，朝她抬起下巴道：「我來找峭哥哥探討學問。」

她知道李姝色向來不喜讀書，因為她覺得讀書枯燥又乏味，況且她又嫌累，所以她每次拿此由頭來找峭哥哥的時候，李姝色都恨不得躲得越遠越好。

想來今天，也不外如是。

李姝色自然看到了張素素眼中的倨傲之色，那是對她這種文盲的鄙夷，她也不惱，只是說：「以後妹妹若再有什麼不懂之處，可以來尋我探討，夫君忙於秋闈，不一定有空指點妹妹呢。」

張素素聞言，嗤笑一聲。「妳？」

就差把「妳懂什麼」這四個字刻在臉上了。

李姝色上前走到沈峭身邊，柔聲也不失警告地問：「夫君，你覺得呢？」

沈峭聽出她的弦外之音，樂意陪她演。「娘子說得是。」

張素素一臉難以置信。「峭哥哥，她懂什麼？你居然讓我找她探討？」

這話聽著就有些刺耳了，擺明是看不起她，李姝色冷笑一聲沒有說話。

沈峭微微蹙眉，臉上露出些許不悅。「三人行，必有我師焉。況且，妳都沒有向她請教，怎麼知道她指點不了妳？阿色由我一手教導，如果妳認為阿色不行，以後也不必來請教我。」

李姝色眼神看向他，大佬再次說謊不打草稿，也是驚到了她，她什麼時候由他一手教導的？

莫不是之前她為了脫罪，說了些自己在他身邊耳濡目染的話，他就聽進去了，所以也拿這話堵張素素的嘴？

不過，沈峭能夠和她站在同一陣線，她心中甚為安慰。

相反，張素素的心情就沒有那麼好了，盈盈水眸立馬泛起水光，彷彿下一秒就要哭出來般。「原來峭哥哥竟是厭棄了我，我以後不再打擾你便是。」

李姝色的後背起了一層雞皮疙瘩，眼珠子看了眼張素素，又瞟向沈峭，有些好奇大佬會怎麼處理。

哪知，沈峭眉頭皺得更緊了。「我不曾厭棄妳，我們只是鄰里關係，何談厭棄一說？」

嘖嘖嘖，他還挺會避重就輕的，當真沒有看清眼前人的心意，還是在這裡揣著明白裝糊塗呢？

張素素聞言，稍稍展顏。「那……我以後還能來找你嗎？」

不等沈峭回答，李姝色率先說：「素妹妹，妳既然已經讀書習字，就應該知道，男女授受不親這一說。今日來找我家夫君，妳已是唐突，若是傳揚出去，妳的名聲還要不要了？」

張素素聞言，惱怒道：「這與我的名聲何干？」

「姊姊我也是好言相勸，若是妹妹聽不進去，我也是沒辦法。不過，為了我家夫君名聲著想，以後妹妹有什麼事還是與我說，若是我不會，自然會向夫君討教，之後再教給妳，好不好？」

拿什麼探討學問來當幌子，不就是想要親近沈峭嗎？

這要是傳出去，把他們倆綁在一起，張二嬸子再鬧上一齣，沈峭是娶還是不娶她呢？

若娶了張素素，那麼她如何自處？若是為妾，且不談張二叔家肯不肯，她率先是不肯的。

若是不娶，沈峭還未做官，名聲就落下污點，以後的路還怎麼走？

罷了，為了之後的許多煩惱，還是她來當這個惡人吧。

李姝色面無表情地問：「素妹妹，妳聽明白了嗎？」

張素素有些不甘地咬了咬下唇，問沈峭。「峭哥哥，你也是這麼認為的嗎？」

沈峭沒有一絲猶豫地點了點頭。

張素素臉上立刻浮現受傷之色，抹一把眼角的淚水，恨恨地咬牙喊道：「我以後不會再來了！」

說完，也不顧他們的臉色，竟轉身快步走了。

還真是個有氣性的姑娘。

李姝色看著她離開的背影，幽幽地嘆了口氣，隨後轉向沈峭說：「若是夫君後悔了，現在追去還來得及。」

沈峭聞言，有些不明白為什麼一個人的態度會前後轉變這麼大，明明剛剛還捍衛自己領地般寸土不讓，如今便要他出去追人？

沈峭不解地問：「我為何要去追？」

李姝色在心裡翻了個白眼。「夫君當真看不出，她喜歡你啊？她找你才不是為了探討什麼學問，就是想要靠近你，好近水樓臺先得月。」

沈峭臉上似有怒色。「娘子以為我是什麼樣的人？」

「啊？」李姝色有一點懵。「與我有何關係？」

「先不談張素素對我是什麼心意，難道娘子一點都不在乎我的心意嗎？」沈峭似乎更加憤怒了。

李姝色下意識地問：「什麼心意？」

「我對她無意。」他深深看她一眼。「所以，以後莫再說出剛剛的話。秋闈在即，我哪有什麼追人的心思？」

李姝色點頭。「哦。」

原來是在為這個生氣啊。

她真是多嘴，恨不得立馬穿越回去，捂住自己的嘴巴，不說出剛剛那句話。

沈峭聽她這不鹹不淡的聲音，內心更加氣悶。

所以，面對一個欲追求自家夫君的女子，她就這點反應？還鼓勵他去追人？

沈峭簡直快要被氣笑。「娘子若是閒來無事，門前的菜園有好幾日沒有澆水了，不如現下澆了吧。」

李姝色正想著說什麼話讓他開心，聽到他這聲吩咐，立馬應道：「是，夫君。」

她乖乖轉身去澆水，身後的沈峭卻暗自咬牙。

難道她真不知吃醋為何物？

第十四章　進城

經過昨天一下午的研究，皇天不負苦心人，李姝色真的把自製火鍋底料給調配出來了。

特地起了個大早，李姝色迫不及待地收好僅剩的一點成品，想要去縣城裡一趟。她想著縣城裡的食材應該更多，留給她發揮的餘地也應該更大，便包好底料成品，放進籃子裡。

今日可巧，有大集會，村裡的人也會去縣城採買東西，李姝色便想要跟著一起去，和沈母說了聲。

沈母知道她要去縣城，擔心她一人走路辛苦且不安全，便從自己的錢匣子裡掏出二十文錢，讓她去村口坐牛車到縣城。

這輛牛車是張孝良家的，也是為了鄉里鄉親去縣城方便，所以去一趟縣城只收取一文錢。

李姝色還是頭一次在這個世界摸到錢，二十文在她手裡還挺有重量。

不過，沈母打開錢匣子的時候，也沒有避開她，所以她自然看清楚了裡面的情況。

看起來，也沒有多少文……

但是一次就抓了二十文給她，可見沈母是真心疼她，想讓她此次趕集玩得開心。

李姝色只從裡面拿出二文，剩下的全部還給沈母。「娘，用不著這麼多，我此次去縣城，是賣東西賺錢，不是花錢的。」

沈母聽了她的話，恍然大悟道：「賣東西？哦，妳是說娘的繡品嗎？妳等著，娘這就拿來給妳，妳換點錢回來也好。」

李姝色沒有拒絕，反正帶去一併賣了也方便，省得沈母再跑一趟。

她將沈母繡的繡品和自製的火鍋底料隔開放好，便打了聲招呼，提著籃子出門。

剛走兩步，想到上次沈峭因為她晚歸生氣，又想到昨天他不知鬧什麼彆扭，竟又與她分被睡，一個晚上都沒給她好臉色。

她摸不清頭緒，只能硬著頭皮敲了敲門，探進腦袋，微微一笑。「夫君，我要去縣城一趟，你可需要我帶些紙筆回來？」

讀書之人，紙筆不可缺少，她這也算是投其所好。

沈峭抬眸，看見她眉眼帶笑的臉，心中鬱氣奇跡般地消散了些。

想到昨晚，分被而睡，瞧她晚上被凍得可憐，便偷偷地給她暖了身子，之後又悄悄地退回自己被中，沒有留下痕跡。

他覺得，他是有些著了魔，好好的覺不睡，居然想著給她暖被窩？

沈峭越發覺得自己如今放在她身上的心思越來越多，於他而言不是個好現象，便有心想要冷一冷，於是道：「不必，手頭還有，妳快去快回。」

李姝色點頭，向他揮了揮手。「夫君，那我走啦！」

等她趕到村頭的時候，發現已經站了好幾人，都是要一起去縣城的。

幸虧她趕上了，否則這趟就沒有她的位置，得等下一趟。

李姝色坐下後，笑咪咪地朝著眾人打招呼，嬸子長、妹子短的，把所有人都叫了遍。

大多人也都有回應她，她發現，孫嬸子也在。

孫嬸子應了聲，問她。「妳娘呢，今日就妳一人？」

李姝色回她。「在家，我左右無事，就拿著繡品去縣城裡賣。」

孫嬸子笑了。「巧了，我也是，等一下妳與我一起去，省得那掌櫃的看妳眼生，欺負妳。」

求之不得。李姝色連忙答應。「欸。」

上次從縣城回家，是走回來的，足足走了小半日。如今坐著牛車，又起了個大早，到城門口的時候，約莫是辰時。

上次她沒有好好逛一逛縣城，這次過來，她想要感受一番古代熱鬧街道的風貌。

其實古今差不多，街道兩旁都擺放著各種攤子，買賣的物件琳琅滿目。

李姝色就像是個好奇寶寶，瞧瞧這個，又看看那個。路過一間包子鋪的時候，本想買的，但是一顆包子就要二文錢，她手裡只剩下坐車回去的一文錢了。

面臨一個現實問題，她買不起。

看著白麵做的肉包子，聞著散發出來的香味，李姝色的眼珠子幾乎都要黏在上面。

旁邊的孫嬸子看見她這個樣子，不免笑一聲。「別看了，等賣了繡品，可不就有錢買了？」

說得也是，她這次過來就是為了賺錢，才不會一文錢逼死英雄漢。

跟著孫嬸子的步伐來到陳氏繡品鋪，掌櫃的姓陳，大家都喚她陳掌櫃的，與孫嬸子大約是熟人，兩人一見面，就熱絡地說起話來。

「孫姊，妳好久沒有來我這小店了，這次又帶給小妹什麼好貨啊？」

「陳姊，我哪有什麼好貨，也就妳不嫌棄，肯收。得妳照顧這麼長時間，看，我今日還介紹個人來，妳瞧瞧。」隨後，孫嬸子就介紹道：「這是我們村沈秀才的娘子，名喚李姝色，妳叫她沈娘子就成。」

李姝色笑著打招呼。「陳掌櫃好。」

「喲，這就是那大名鼎鼎沈秀才的娘子啊，長得可真是俊，所謂男才女貌就是如此吧。」陳掌櫃的如是說。

她這真不是什麼恭維話，眼前女子雖然只穿著一件粗布衣，但是眼神明亮，燦若朝陽，唇紅齒白，真是生得一副好樣貌。

李姝色被當眾誇了個臉紅。「您過獎了。」

孫嬸子順勢說：「她手裡也有繡品，跟著我一起來的，妳可不要欺負她。」

陳掌櫃的笑呵呵。「我們都老姊妹了，我欺負誰，也不能欺負妳呀！」

李姝色將沈母的繡品拿了出來，與孫嬸子的放在一起。

孫嬸子繡得一手的好繡品，據說連蘇繡都不在話下，當年她夫君還在的時候，就無事在家刺繡打發時間，後來，就成了一門養活母女的手藝。

雖然能夠看出趕工的痕跡，但是針腳細密，繡的鳳凰栩栩如生，陳掌櫃看了眼，便滿意地點點頭，直接給了她五十文。

相比之下，沈母的手藝就沒有孫嬸子的出眾，不過這裡是小地方，不比京城樣樣精細，這樣的手藝也能看得過去。

陳掌櫃的收下了，並給了她二十文錢，李姝色知道，這是看在孫嬸子的面子上。

收錢與陳掌櫃的道了謝之後，便和孫嬸子一道出門。

孫嬸子有自己要添置的東西，而李姝色也有自己的事要做，便與孫嬸子分別。

孫嬸子還特地提醒她，牛車來接送的時間，讓她別誤了時辰。

李姝色點頭應了。

與孫嬸子分開後，她站在路中央，正不知道往哪邊走的時候，身旁傳來一道「賣糖葫蘆嘍」的聲音。

她神色一動，要了一串糖葫蘆，結帳的時候順勢問：「老闆，你知道縣城裡最大的酒樓是哪家嗎？」

「這城裡的人誰不知道？就是一品鮮啊！」老闆收過錢，笑呵呵地將糖葫蘆遞給她。

李姝色接過，又問：「一品鮮在哪裡啊？」
老闆熱心地給她指路。「妳往這裡走，右轉看到最高的一座樓就是了。」
最高的一座樓？
不似現代高樓大廈，這裡到底多高才算最高？
抬頭望去，一品鮮真的挺顯眼的，足足有三層樓高，確實比旁邊的房屋高了一截。
李姝色一邊吃糖葫蘆，一邊晃晃悠悠地來到一品鮮門前。
這糖葫蘆她咬第一口的時候，感覺有些膩，但繼續咬下去卻是又酸又甜又脆，很是不錯，這可是她來到這個世界吃到的第一份零食，她吃得很慢，站在一品鮮門前的時候，正好還剩最後一顆。
看著身邊的車馬行人，心道一品鮮所在的位置極佳，周圍的道路寬敞且四通八達，門庭敞亮，裡面的香味絲絲縷縷瀰漫開來。
李姝色深吸一口氣，晃動手中的糖葫蘆籤子，她這麼貿然進去，能有幾成把握？
她心裡估算了下，預計能有五成。
正要張口咬最後一顆的時候，還未到嘴邊，身後忽然傳來一道聲音。「妳在這裡做什麼？」
李姝色內心一驚，回頭看到一抹月白色身影，眼露驚喜地喊：「夫、夫君？」
他怎麼在這裡？不是在家溫書嗎？

「娘放心不下妳，所以讓我過來跟著妳。」他面不改色地回。

「哦。」李姝色笑了笑，將手裡的糖葫蘆舉到他面前晃了晃。「可巧，還有最後一顆。」

沈峭的桃花眼看著糖葫蘆，卻沒有動。

李姝色突然想到，沈峭似乎不喜食甜，便有些訕訕地想要收回。

沒承想，他竟然彎下身子，慢慢湊近，薄唇瞧著竟和鮮亮的糖葫蘆一樣紅，他咬下一口，舌尖舔過下唇，隨後接過她手裡的籤子。

就這一口，李姝色看得一愣一愣的，真正知道了什麼叫做秀色可餐。

沈峭吃完最後一顆，抬頭看了看「一品鮮」的懸金匾額，想到剛剛她躊躇不前的樣子，忍不住開口道：「日後，等我出仕，定帶妳進去。」

李姝色滿臉疑惑。「啊？」隨即反應過來，擺手道：「夫君，你誤會了，我並不是想要進去吃飯。」

「那又何故在此？」他問。

李姝色故意賣了個小小的關子。「我想要和一品鮮的老闆談筆生意，如果合作愉快的話，說不定他還會請我們吃頓飯呢！」

「是妳昨日鼓搗之物？」沈峭想到昨日她待在廚房一整天，不知道在做什麼，時不時有香味飄來，遂問。

「是啊，」李姝色湊近他，眼神亮晶晶地看著他。「夫君可要與我一起進去？」

本以為他會拒絕，沒想到他竟應道：「好。」

李姝色看著沈峭率先進門的背影，有些恍惚地想，所以他這是不再跟她鬧彆扭了？

處於青春期的弟弟，這心思還真是難猜，總不會是因為她用一顆糖葫蘆給哄好了吧？

不過，李姝色也不過分糾結，這個念頭一閃過，她便抬腳跟上。

她既已經將沈母視為親媽，那麼自然就將沈峭當親弟弟來看待，面對十七、八歲的弟弟，突如其來的小情緒，她都會選擇包容。

其實也沒什麼，哄哄便是。

第十五章　火鍋

一品鮮的大堂裡很是熱鬧，形形色色的人，拎著茶壺的小二穿堂而過，徑直走到他們面前，臉上堆起笑意問：「兩位客官，是樓下堂吃，還是樓上廂房？」

李姝色率先開口。「我們不是來吃飯的，想找你們掌櫃的，給他看些新鮮玩意兒。」

小二聞言，臉上先是一怔，隨後淡了笑意說：「我們掌櫃的今日不在，要不兩位客官改日再來？」

這就是明晃晃地要趕人了。

李姝色心中微微一嘆，五成機率，要麼成，要麼敗。

眼下卻連面都見不上，她不甘心啊。

雖可惜，但也不得不認清事實，尋找下一家合作。

李姝色偏過身子，剛想要和沈峭說離開，沒承想他突然開了口。「王庭鈞今日可在？」

小二微微意外。「您認識我家二公子？」

「我與他有同窗之誼，今日他若在，煩請通傳一聲，我想與他敘舊。」沈峭溫聲回。

李姝色同樣有些驚訝地看向他，心中微動，想來他不是個喜歡拿交情說話的人，卻為了她還是動用了同窗關係。

所謂同窗，當年沈峭在建良城府試的時候，與一眾童生住在智儒書院，那時他就是與王庭鈞同吃同住過幾日，也曾探討過學問，所以有了同窗之誼。

沈峭一直知道王庭鈞是一品鮮背後的王家二公子，王家目前由他親哥哥當家，這一品鮮是他家產業之一。

當時在書院的時候，王庭鈞得知他也是寶松縣人，又不知從何處聽過他童首的名號，很是積極地要與他成為朋友，還說等考完試，就請他來一品鮮吃飯。

只不過，考完之後，各回各家，兩人之間的聯繫便淡了。

小二聽到沈峭報了二公子的大名，不敢耽擱，立馬就告知掌櫃的。

掌櫃的姓李，大家都喚他一聲李掌櫃。李掌櫃穿著一身靛藍色長袍，腰間束著黑色腰帶，國字臉，很有福氣相。

李掌櫃走過來，面露笑意地問：「您就是沈秀才吧？聽二公子說起過，他還一直念叨著欠您一頓飯。」

沈峭臉色淡淡，問道：「二公子今日可在？」

李掌櫃笑了聲。「可巧，二公子就在樓上廂房，您二位可隨我上去。」

見不到大公子，見二公子也好。

李姝色聞言，眼睛一亮，點了下頭。「有勞。」

二樓即是各式廂房，也就是現代的包廂，名字倒也別致，什麼醉海棠、折牡丹、一品梅，也不知做了什麼樣的隔音木板，一樓的喧鬧逐漸在耳邊淡去，淡雅的絲竹聲躍入耳中。

沈峭和李姝色二人隨著李掌櫃來到王庭鈞吃飯的廂房，李掌櫃先是叩了叩門，隨後裡面傳來一道聲音。「是誰？」

李掌櫃聲音提高。「二公子，沈峭沈秀才想要見您一面。」

話音剛落，門倏地被人打開，一道驚喜的聲音傳來。「沈峭？真的是你！你特地來尋我！」

李姝色抬頭，見一公子哥兒，身著一襲繡竹紋的青色長袍，腰間束著金色滾邊的深綠錦帶，滿頭烏髮用根玉簪束住，唇紅齒白，模樣十分俊俏。此刻他眼眸透亮，喜上眉梢，拉著沈峭將人給請了進去，一個眼神都沒有給旁人。

李姝色跟著走進去，李掌櫃默默地關上了門。

二公子念叨了好幾天，要不是大公子攔著，早就去鄉下找這位沈公子了，如今見到人，可以消停幾天了。

進去後，王庭鈞這才注意到李姝色，面前的女子面容嬌俏，五官精緻，唇色紅潤，看穿著打扮像是尋常農家女，但周身的氣質極佳，與京中貴女別無二致。

他有些疑惑地看向沈峭。「這位是？」

沈峭為他介紹道：「這位是我的娘子，名喚李姝色。」

王庭鈞臉上有些驚訝。「多日不見，原來你已娶妻。都是小弟不好，自書院分別，家裡管得嚴，一直沒有得空找你，本該隨份禮才是。」

李姝色聞言，嘴角微笑。真是什麼人交什麼朋友，沈峭光風霽月，交的朋友如王庭鈞，也是性格開朗、至情至性。

王庭鈞當即喚來人將桌上的飯菜撤下，再上一桌新鮮菜餚以招待他們夫婦。

李姝色將手中籃子擱好，與沈峭一同入座。

王庭鈞和沈峭敘完舊之後，就談起秋闈之事，想到再過幾月，就要去府城趕考，他主動邀請。「沈峭，這次秋闈，你早日過來，就住在我家，我們一起備考，也好有個伴。」

王庭鈞雖是寶松縣人，但是他家家產遍布良州各地，更是常年居住在府城，此次邀約，不過是想要給予沈峭備考方便。

沈峭聞言，臉色毫無波動地說：「不必了，恐有打擾，諸多不便，我會提前一、兩日到，住客棧即可。」

他的心中早有打算，王庭鈞知道說不過他，暗道一聲可惜。「我哥請了大儒在家，你若來，想必大有裨益。」

李姝色聽了，神色微動。這就是有錢的好處嗎？直接請了家教啊！

想來讀書也是需要悟性，沈峭是自學成才，考取狀元，可不是特別有悟性？

聽著二人說考試的事，李姝色就靜靜聽著，也不好插話。

等菜一道一道上來，李姝色見他們說完話，突然開了口。「二公子，想問問您這兒有火鍋嗎？」

她聲音綿柔似水，即使是突然說話，也不讓人覺得突兀，王庭鈞聞言，好奇地問：「火鍋是何物？」

李姝色等的就是他這句話，賣個關子說：「二公子，可否讓人上一個炭盆以及一口小鍋？我這裡帶了火鍋底料，您再讓人上些配菜，等一下您就知道什麼是火鍋了。」

其實這裡也有火鍋的吃法，只不過不叫火鍋，而是叫古董羹，因食物扔進水裡會發出咕咚聲而取名，據說是王公貴族才有的吃法。

因著還未大量普及，所以李姝色盯上了這個商機，再等幾年，火鍋普及至各大酒樓，就沒她什麼事了，她要做的也是根據資訊落差來賺一筆。

沒辦法，沈家錢匣子裡的銀子實在是太少了。

王庭鈞知道這一吃法，但是沒嘗試過，不過作為一個吃貨，在吃這條道路上，自然是永遠保持著孜孜不倦的求知之心。

他立馬吩咐人，照李姝色說的話安排。

等到小鍋裡的水開始咕嚕咕嚕地沸騰，她將自己調製的底料放了進去。

沒多久，香味就瀰漫開來。

王庭鈞聞了，口水都快要流出來了。

李姝色將酒樓準備好的肉、蔬菜放進去，王庭鈞見她這麼做，只覺得有意思，便捋起袖子，跟著她一起放。

她笑咪咪地說：「二公子，您放些您喜歡吃的東西，等熟了就可以吃了。」

王庭鈞是第一次看見這種吃法，忙不迭地應了聲。「好香啊。」

那當然，她可是費了好大的心思，只調成這一小包，她全放進去了。等收買了王庭鈞的胃，再讓他幫忙向他哥引薦，說不定五成的機率就變成七、八成了。

李姝色心裡美滋滋地想。

這是因為她在現代工作之餘的週末，總是喜歡在家搗鼓美食，她早就吃膩了外食，手藝自然就練上去了。

沈峭看著眼前這兩人你一言、我一語地說著話，眼神微沈，眼看著李姝色要把豆腐放進鍋裡，他一把接過盤子。「我來。」

李姝色順手給了他，因為她知道他喜歡吃。

比起葷食，他似乎更喜歡吃素，雖然葷素不忌，口味不忌，但是過甜的不吃，過鹹的也不吃，五臟六腑不吃，各種皮也不吃，算是半個挑食的人。

李姝色心中還是有些遺憾。「要是能有辣椒就更好了。」

王庭鈞聞言，耳朵一動。「妳說的辣椒是何物？」

「就是……」李姝色也不知道怎麼說。「就是吃了會很辣，嘴巴麻麻的，渾身會冒汗的那種食物。」

「呀，妳說的這種東西我見過，但那個東西不能吃吧？我看那人只嚐了口就渾身冒汗，大夫診脈也診不出個所以然來。」王庭鈞道。

李姝色眼睛一亮。「真的嗎？真的有辣椒？」

古人吃了覺得難受，是異樣，就以為不好。這又不是毒，大夫診脈自然診不出什麼。除非是那種地獄等級的辣度，如果吃多了，身體確實會有恙。

「那個叫辣椒嗎？」王庭鈞不解地問。

李姝色猛點了兩下頭，感覺最近的嘴巴都快淡到沒味了，追問道：「那東西在何處？」

「我在京城看到過。」王庭鈞立即回道。

京城？李姝色在心裡嘆一聲，果然好東西都在京城。

看到她臉上浮現的失望之色，王庭鈞湊近一點問：「那個東西……真的能吃？」

沈峭看著王庭鈞身體靠近李姝色，不由得皺了下眉，身子微微前傾，擋在他們二人中間。

李姝色隔著沈峭點頭。「能，您先嚐嚐這火鍋，若是有了辣椒，味道是翻倍的美味！」

王庭鈞一聽，兩隻眼睛都發光了。「當真？」

李姝色肯定地回他。「當真。」

他的一顆心怦怦跳，恨不得立馬就插翅飛到京城，把辣椒給拿來。

這時，沈峭冷淡的聲音打斷了他們的對話。「煮開了。」

王庭鈞迫不及待地開始動筷，挾起一塊肉，先是吹了吹，隨後一口咬下。

李姝色敏銳地察覺沈峭臉色有些冷，雖不知為何，但是弟弟這兩天總是情緒不對勁，大約是處於叛逆期？

於是，李姝色挾了一塊豆腐放進他的碗裡，圓潤杏眼水靈靈的，滿是笑意。「夫君，你也嚐嚐看。」

沈峭面色這才稍霽。她還知道他是她的夫君，剛剛眼睛都快要黏在別的男人身上去了！

「沈峭，你娘子真的是好手藝，這些菜都是我平常吃的，怎麼感覺這樣煮過，變得更加好吃了？」

那是自然，要不然火鍋能在現代這麼受歡迎嗎？

李姝色聞言笑了笑，也挾起一塊豆腐，滑膩香甜，一咬就碎，怪不得沈峭喜歡吃。

與此同時，隔壁廂房，正在商量要事的兩個人鼻間飄來一縷香味，同時止住話頭。

「王爺……」身著黑色衣衫的男子剛開口，就被人打斷。

「本王此次出來辦事，喚本王三公子便可。」

打斷他話的男子，面如冠玉、刀削斧鑿般的面容稜角分明，穿著低調的玄色長衫，腰間墜著一塊美玉，腳上蹬著一雙藏青色皂底鞋，有些慵懶地斜靠在椅子上，似笑非笑的丹鳳眼出奇得好看。

黑色衣衫男子問：「三公子，時辰不早了，不如叫人傳膳？」

李琸睿「嗯」了一聲。「不知從哪兒飄來的香味，本王……我倒是感興趣。」

男子連忙應道：「您請稍候，我這就讓人準備。」

黑衣男子也有些奇怪，畢竟是他手裡的產業，他怎麼從未在一品鮮聞過這麼香的味道？出門喚了李掌櫃，問：「什麼味道？依樣讓人準備一份。」

李掌櫃聞言，有些糾結地回道：「大公子，這香味是從二公子廂房飄出來的，我也不知道是什麼香。」

「你是說庭鈞？」黑衣男子眼神落在隔壁的廂房上，聞著氣味似乎是從裡面飄出來的。

他抬腳向那邊走去，李掌櫃也立馬跟上。

李掌櫃先是敲敲門。「二公子，大公子來了。」

李姝色耳尖，聽到「大公子」三個字。

大公子是誰？不正是王庭鈞的哥哥王庭堅嗎？

財神爺駕到，李姝色面上一喜，提醒吃得正香的王庭鈞說：「你哥在外面。」

「他來做什麼？」王庭鈞嘟囔一聲。「不是正跟人談事情？」

莫不是談完了？

他應道：「大哥，進來吧。」

李掌櫃推開門，屋子裡的香味更加重了。

王庭堅沒有想到廂房裡面不僅有他的弟弟，還有一男一女。

這一看就是夫妻，男的他還有些眼熟，似乎是之前見過，女的很漂亮，他沒有印象，應該沒有見過面。

第十六章　買賣

王庭堅幾步上前，看著他們面前的火鍋，確定香味是從裡面散發出來的，便問：「庭鈞，你們這是在吃什麼？」

酒香不怕巷子深，李姝色沒有想到事情居然這麼順利，單靠一個香味就將一品鮮背後的大老闆給招來了。

「火鍋啊。」王庭鈞看著吃了一半的火鍋。「可惜大哥你來晚了，要是早點來，還能趕上。」

王庭堅看著咕嚕咕嚕冒著氣泡的火鍋，心道這不是他上回在京城看過的古董羹嗎？不過兩者也有差異。這鍋簡陋了些，那些達官貴族用的銅鍋就很精緻，除了這個，還有就是香味了，上次看見的可沒有這個香！

而王庭堅再一深想下去，同樣的食材，香味卻如此不同，必是這底料不同。

他看向王庭鈞。「這是何人弄的？」

王庭鈞直接指了指李姝色。「就是她啊，她叫李姝色，是沈峭的娘子。

「對了，你還是第一次見沈峭吧，他就是我常跟你提起的沈童首，當年我們一起考試的時候，他還幫襯我許多。」

王庭鈞邊說眼睛邊看向沈峭，向他大哥介紹。

王庭堅眼中掩下一抹深意。「原來是沈秀才和沈夫人，失敬失敬。」

沈峭和李姝色同時站起身，沈峭頷首道：「王大哥，客氣了。」

王庭堅溫聲問：「不知這底料還有沒有？今日來了位貴客，想要用此物招待。當然，我不會白拿你們的，會給你們相應的報酬。」

李姝色就是喜歡把話說得這麼敞亮的人！

「我今日就帶了這一小包，剛剛全放進去了，所以恐怕不成。」

王庭堅面露失望之色，三皇子好不容易來一趟，想吃一頓火鍋，他都不能安排……

李姝色又立馬道：「不過，我手頭有製作的方子，可以賣給王大哥。」

王庭堅臉上的失望盡掃，眼睛微亮。「當真？」

「小妹何故要騙王大哥？」

王庭堅一口應下。「好，我這就讓人取紙筆來。」

王庭堅說完，深覺這買賣做得極對，民以食為天，有這火鍋底料，他即使是把一品鮮開到京城，又有何懼？他的野心可不僅僅是安於一方縣城中。

他的心狠狠跳動了下，望著李姝色的眼光多了幾分熱切。

沈峭微微蹙眉，身子往前移了移，將李姝色擋在身後。

李姝色聽見筆墨二字，又想到自己狗爬似的毛筆字，便拉了拉沈峭的衣角，小聲道：

「夫君，能否替我執筆？」

沈峭偏頭側眸，桃花眼瀲灩，輕輕「嗯」了聲。

「娘子所言，為夫沒有推拒的道理。」

沈峭的字有自己的風骨，收尾有股淩厲之風，從容不迫且暗藏鋒芒，字如其人，便是如今的他。

他向來是個有野心的人，但是身分使然，他現在一無所有，等以後一步一步靠近那權力中心，他就會毫不掩飾。

李姝色抬眸看他一眼，權力是毒，且無解，唯有自救。

她將方子交到王庭堅手中，一手交錢，一手交貨，王庭堅很是大方地準備了五百兩銀子。

其實，這底料只要多吃幾次，再請些有悟性的廚師來配，或許會耗費些時間，但只是時間問題，總是會成的。

如今五百兩銀子沈甸甸地拿在手中，李姝色壓下心中歡喜，盈盈一拜。「多謝王大哥。」

她知道，他這是看在沈峭和王庭鈞的交情上。

不過五百兩實在太過沈重，她就開口請他幫忙換了銀票。

王庭堅應允了她的請求，目的達成後，想著隔壁廂房中的貴賓，便心滿意足地離開了。

李琸睿合眼假寐，聽到開門的聲音，緩緩張開眼，眼中的波動瞬間化為寂靜，黝黑的眸子讓人看不清思緒。

王庭堅恭聲道：「三公子，讓您久等了，我這就讓人上菜。」

隨後，一拍手，訓練有素的婢女們端著盤子魚貫而入。

李琸睿示意他坐下，聊起鍾毓村的事。「你可聽過鍾毓村？」

王庭堅一聽到鍾毓村，自然就想到沈峭，那可是難得一見的人才，也是縣令捧在手心的人物，就等著他哪日考取狀元回來，光耀寶松縣。

他如實回道：「我雖然瞭解得不多，但是知道那裡出了一位童首，有讀書的天賦，很得縣令器重。」

「男的？」李琸睿俊美的臉上興致缺缺。「我想問問有沒有特別的……女的？」

女、女的？

王庭堅驚訝地睜大了眼睛，又瞄一眼李琸睿，心想著三皇子也不是什麼好色之徒，怎麼會對村姑感興趣？況且，京城裡什麼大家閨秀沒有，哪輪得到村姑入得了他的眼？

他心裡雖這麼想，但是面上不顯。「這個我就不知道了，不過，那位沈童首的夫人，倒是位難得一見的美人。」

王庭堅腦海中浮現剛剛見到李姝色的場景，他即使沒有見過那村子其他女人，想必她的氣質也是其中的佼佼者，再也找不到第二人了。

嫁人的，李琸睿就更不感興趣了，他想問的是未嫁女，姓張，名素素。很有可能是他的妹妹呢。

等到火鍋底料的香味吸入鼻中，李琸睿心中的思緒都被這香味打斷，詢問道：「這是何物？」

王庭堅道：「火鍋。」

這邊，輕飄飄的銀票揣在心口，李姝色臉上的笑容就沒有停過。

沈峭看到她一臉財迷樣，心中有些好笑，以前竟不知她是個愛財之人。

王庭鈞一心埋頭吃飯，又讓人上了好多食材，好似怎麼吃也吃不夠般，讚嘆道：「實在是太美味了，以後就能天天吃到，真好！」

李姝色笑著搖頭。「天天吃是會膩的。」

王庭鈞「哎」了一聲。「這可吃不膩，吃不膩！」

這時，沈峭破天荒地往她碗裡挾了一塊肉，只淡淡吐出兩個字。「熟了。」

李姝色看他一眼，挾起那塊肉放進嘴巴裡。他挑的肉肥瘦相間，很是入味。她嚥下後湊到他耳邊，低語一句。「謝謝夫君。」

噴出的熱氣縈繞在他耳畔，沈峭輕咳一聲，不由自主地又給她挾了一塊。

看著他們如此動作，王庭鈞瞬間覺得嘴巴裡的肉不香了！

剛剛他覺得自己只吃了個半飽，怎麼一下就飽了？

他定睛一看，正是他剛剛和殿下說的沈氏夫婦，立馬道：「三公子，您往樓下瞧，那二位就是我剛剛和您說的，沈童首和他的娘子。」

王庭堅上了一罈上好的女兒紅，陪著李琸睿喝得正酣的時候，突然瞥見樓下的兩個人。

李琸睿雖然對他們不是很感興趣，但既然王庭堅指出來了，他還是往下面瞧了一眼。隨後，放下舉起的杯子，瞇了下眼睛問：「你剛剛說，沈家的娘子叫什麼名字？」

「好像是叫……」王庭堅的腦中迅速運轉，終於想起。「姓李，叫李……姝色！對，就叫這個名字。」

李姝色？

李琸睿摸了摸下巴，沒有說話，過了一會兒，問：「她也是鍾毓村人？」

「是啊，」不知「童養媳」一說的王庭堅，自然而然地回答。「就算以前不是，如今嫁到鍾毓村，現下也是那村子裡的人了吧。」

李琸睿聞言，收回視線。

是與不是，又與他何干？

他只是覺得有趣。

聽說貴妃娘娘找到了她流落在外的女兒，這位集萬千寵愛於一身的貴妃娘娘找到愛女後，又會在朝堂掀起什麼樣的風浪？

他的那位「好母后」又會有什麼小動作？他的兩位「好哥哥」又會私下使什麼明爭暗鬥的手段？

他還真的是，有些期待。

李姝色揣著五百兩的「鉅款」，有些神經緊張地走在路上，感覺隨時就會有小偷撞過來，然後神不知、鬼不覺地偷走她銀票。

她往沈峭的身旁湊了湊，伸手抓住他的衣袖，眼珠子轉動。「夫君，走慢些。」

沈峭看著她如此小心的模樣，不免心中好笑，但還是任由她拉著，放慢了步伐。

李姝色有錢後，就不免有了其他心思，購買慾空前暴漲。

她想到早上來時沒錢買的肉包子，想到沈家人的粗布衣，想到沈峭練字用的草紙，想到……

她詢問沈峭。「夫君，時辰尚早，我們去逛逛吧。」

其實，沈峭不願意跟她一起逛也無所謂，現代就沒幾個老公願意陪老婆逛街的。

哪知，沈峭竟一口應下。「時辰尚早，逛逛無妨。」

有了沈峭這個免費拎包的人手，李姝色自然很是樂意。「好。」

「先去墨寶坊給夫君看看筆墨和書，再去繡坊裁製衣服，再去菜市場買些魚肉，可好？」李姝色一一規劃著。

沈峭一聽到她先說的是墨寶坊，心尖不免顫動了下，她這般，竟好似真把他的事放在第一位。

若是演戲，未免太真，若不是演戲……

若不是演戲，那種心尖顫動的感覺更加明顯了。

他道：「都聽娘子的。」

這麼好說話，莫不是因為錢在她身上的緣故？

李姝色心中微動，試探性地問：「夫君，這銀票還是放在你身上方便些？」

她這話題轉變得太快，沈峭還沒有從她「事事以他為先」的悸動中反應過來，就聽到她說銀子的事。

他抿了下唇回答。「妳要買東西，錢放妳身上，豈不是更加方便？」

這就是要把銀子給她管了？

李姝色心中一喜，瘋狂點頭。「夫君說得對，都聽夫君的。」

沈峭哂笑，難不成不把銀子給她保管，就是不對的？

他說：「本來就是妳賺的，合該由妳保管。」

李姝色聞言，心中十分熨貼，感覺沈峭好像沒之前那麼防備她了。

古代讀書難，筆墨紙硯的採買就是一項不小的支出，所以會讓很多本就不富裕的家庭雪上加霜。

不過，李姝色深知虧什麼都不能虧教育，自從有錢後，底氣也很足，大手一揮，全部拿下。

幸好王庭堅處事周全，沒有給她五百整的銀票，零零碎碎十兩的也有，所以她花起來很方便。

買好讀書用品，接下來就是生活用品，跟衣飾有關的布料，她眼睛不眨地給全家每人買了兩身，跟吃有關的油鹽醬醋，還有古代特色零嘴，她也買了。

每樣都買些，很快地，沈峭的手就拿不動了。

李姝色提議。「夫君，這麼多的東西，我們也拿不回去，不如雇輛馬車回去吧？」

沈峭聞言，半贊同地說：「牛車吧，低調些。」

李姝色笑咪咪。「聽夫君的。」

他們這一唱一和，在外人看來，感覺再也沒有比這對更和諧的夫妻了。

沈峭去雇車，李姝色則來到她早上心心念念的包子攤，幸好還沒有收攤，她能趕上最後一屜。

她直接伸手要了十個，沈家一家還有孫嬸子母女倆，她買的零嘴也是要分給孫媛吃的，她喜歡那孩子，聰明聽話，乖巧懂事。

她正聞著肉香味吞口水，突然耳畔傳來一道低沈的聲音。「剩下的我要了。」

她渾身一驚，側臉看去，撞進一雙明媚的丹鳳眼，眼尾狹長，微微上揚，勾魂攝魄。

這雙丹鳳眼，在她看書的時候，曾無數次跳出來，「他那狹長的丹鳳眼……」這樣標誌的特性只出現在一個人臉上！

那便是本文的男主，李琸睿！

他怎麼在這裡？他不是應該在京城嗎，怎麼跑到這小地方來了？

李妹色在打量李琸睿的同時，他也在打量她。

剛剛匆匆一瞥，只覺有三分像，如今走近了看，應有五分像。

真是有趣，也不知他那名正言順的妹妹，張素素，能和貴妃娘娘有幾分相似？

第十七章 榮歸

李姝色第一次在這個世界見到男主角，眼睛逐漸變成星星眼，又朝他身後望去，居然沒有看到別人，不免有些失望。

女主角呢？哦，這個時候，貌似他們還沒有在一起呢。

她其實很喜歡這本小說的設定，男強女強，三皇子VS女將軍，這種帶感的設定讓她嗑得很歡！

她收起星星眼，等日後去京城的時候，有機會的話，再現場嗑他們這對CP吧。

李姝色轉過身子，這時正好老闆在給她裝肉包子，同時他也應了男主一聲。「客官，您稍等，等我裝完這位姑娘的包子，再裝您的。」

李琸睿淡淡的聲音傳來。「好。」

李姝色接過老闆手裡的包子，付了銅板後，便要離開，沒承想腰間的荷包突然滑落，悄無聲息地落在地上。

剛走兩步，就被身後人叫住。「姑娘。」

李姝色驚訝轉身，只見他骨節分明的手指拿著她的荷包，有些興味地看一眼。「妳的鴨子……荷包？」

李姝色瞬間脹紅了臉，忙上前兩步拿回。「謝謝公子。不過這不是鴨子，這是鴛鴦。」原主不喜刺繡，但是在家待久了，著實沒有事做，況且她也不喜讀書，所以會嘗試用刺繡來打發時間。雖然成果並不怎麼樣，這不，繡得四不像的鴛鴦就被人認作鴨子了。

李姝色自然不會嫌棄這手藝，能有荷包就不錯了，哪裡還敢奢求上面繡著交頸的鴛鴦，還是展翅的鳳凰？

李琸睿心中輕笑，貴妃的刺繡手藝乃是宮中一絕，父皇的衣服都是她親手繡的，想來她的女兒也不會差到哪裡去。

可見，他此前的想法，大約是多慮了。也許，眼前人真的和貴妃沒有半分關係。

他道：「這鴛鴦很……獨特。」

李姝色尷尬一笑。「謝謝公子，還未請教公子大名？」

李琸睿回她。「李睿。」

他還真是敷衍，只把自己的名字省略掉中間一個字。

李姝色禮貌回道：「小女李姝色，再次拜謝李公子。」說完，便將荷包繫在腰間，也不知道好端端的，它怎麼就掉下去了。

再次道完謝之後，李姝色也不多留，轉身離開。

李琸睿也沒多留，扔下一錠銀子後，甩袖離開。

只留下，還沒有裝完肉包子、看著銀子一臉呆愣的包子攤老闆。

李姝色等著沈峭的時候，迫不及待地拿起一顆熱呼呼的肉包嚐了一口。

肉汁鮮美，一口咬下滿嘴生香，她滿足地吃著，味蕾在歡快地跳躍。

沈峭走回來看見她這副拿著包子啃的模樣，包子幾乎遮住她半張臉，露出的圓潤杏眼，水霧矇矓，漂亮得有些不太真切。

看見他過來，李姝色眼中更亮，小碎步跑過去，咬下最後一口包子，隨後又拿出一顆舉到他面前，道：「夫君，吃包子。」

沈峭舔了舔下唇，突然感到喉嚨有些乾澀，又想到晚上兩人共席而眠，兩人的身體貼得嚴絲合縫，她在他懷裡睡得像隻貓兒。

這麼一想，渾身像是無端點了把火，以燎原之勢，星星點點地燃燒。

他伸手接過她手裡的包子，掩飾地問：「好吃嗎？」

李姝色聞言，重重點頭。「好吃。可香了！」

沈峭咬了一口，雙眸微沈地看著她，比起包子，似乎有些東西更加吸引他……

之前來的時候，牛車上人擠人，如今只有兩個人坐在車裡，顯得很寬敞。

她撩開簾子，從窗戶往外看，路邊的風景在她眼前掠過，離縣城越遠，就越發寂靜。

她又想到了李琸睿，想到了那個她親手埋葬的人。

難不成他是為了那個人而來？

是了，那個小黑盒子。

她雖有心想讓沈峭以此和李琸睿搭上關係，以後兩人也不至於走向仇敵這一條路，但是事情哪有這麼簡單？

她如果貿然說出小黑盒子的事，難道就不會引起李琸睿的懷疑？

這件事說來還是得從長計議，她總不能直接表明她知道他的身分，有人讓她交一個黑盒子給他吧？

回去的路上，有些安靜，沈峭看著她眉間似有憂愁的樣子，便開口問：「妳在想什麼？」

李姝色放下簾子，想了下回他。「我在想，這些銀子還是不能亂用，夫君八月秋闈，二月春闈，各處需要花錢的地方，都要靠它呢。」

李姝色的腦子也轉著其他念頭，如今火鍋方子賣出去了，王庭堅不是傻子，知道她給了他底料意味著什麼。當時簽買賣契約的時候，她瞧得真切，契約上說這個底料方子再也不能賣給第二家，與自行開店使用。

不過沒關係，她如果真的想要開火鍋店，還可以調其他底料，這樣也不算違約。

但問題就在於開店需要本金，她手裡的這點銀子還差得很遠。

所以，她在考慮第二個來錢快的法子。

古代平民讀書，基本都要靠全家之力來供讀，有的還需靠家族的力量。

沈家有些特殊，在鍾毓村沒有其他族人，不過好在村民友善，明裡暗裡也幫助他不少。畢竟，要是鍾毓村這個山溝出了個狀元，也是村裡的好事。

沈峭聽了她的話，內心相當驚訝。他剛剛說要把錢給她保管，就沒有要動她的錢的念頭，因此她買東西的時候，他沒有插一句嘴，想著這是她的錢，是她的方子換來的錢，她愛怎麼用就怎麼用。

沒想到，她竟然說……要將這錢給他科舉考試用？

她之前明明說過，他讀書就是浪費家裡的錢，在拖累整個家，就算讓他進京趕考，也不會考出什麼名堂。

如今，她竟然如此支持他？

沈峭早看出她的改變，沒承想改變得這麼徹底，這哪裡是換了個人，簡直從出言無狀、囂張跋扈的潑婦，換成明事理、顧全大局的賢妻。

原本，他覺得她對他生活方面極盡地討好已是極限，現在居然還能對他的事業有所助益？

他又想到剛剛她的財迷樣，心頭一動，問：「妳捨得給我考試用？」

這是哪裡的話，她一方面是為了減輕沈父、沈母的負擔，他們也不想老是去麻煩縣令，況且縣令也沒有欠他們家；另一方面，自然也存了刻意討好的心思。她都這麼幫助他了，等以後他考取狀元，若是還想迎娶公主，看在她對他不錯的分上，能給她條活路不是？

畢竟，以他們相處日久的情分，五馬分屍就太過了吧？

大不了，一拍兩散，和離便是。

她屁股挪了挪，坐過去，臉上的笑容逐漸諂媚。「那日你和爹劈柴時說的話，我聽見了。夫君可是狀元之資，怎麼能因為錢的問題煩惱？錢財乃身外之物，我哪有不捨得的？況且，等日後夫君當了大官，我可是大官夫人，這點錢說不定到時候我還不放在眼裡。」

等以後，他和公主實在兩情相悅，她自然樂意成全，如果他有心，記住她今日為他賺的銀子，能給她一筆贍養費，她更加求之不得。

但話又說回來，原著中那昭素公主不是什麼好人，可是一位野心家，純粹的惡毒女配。

如果沈峭真的娶了她，會不會逐漸近墨者黑，兩人同流合污，走上原著的老路？

那……到時候沈家二老又該如何自處？

這麼一想，李姝色腦子又有些頭疼。畢竟人家喜歡公主，想要娶公主，她總不能攔著不讓位吧？

感情，才是這世上最不可控的東西。

她也沒那個本事，讓他不喜歡公主轉而喜歡別人，他更不可能喜歡她。

雖然他們如今關係有所緩和，但也僅僅是緩和，畢竟原主對他做的惡事，她有的實在無法彌補，他雖說不至於像之前那般恨她，但絕不可能喜歡上她。

這一點，李姝色很有自知之明。

然而，下一秒竟聽見他說：「好，為夫努力，爭取讓妳早日當上大官夫人。」

李姝色愣住，啊？

牛車行駛在村裡的小路上不顯眼，路過孫嬸子家的時候，看見孫嬸子已經回來，便將包子和零嘴分給她，說給孫媛吃。

孫嬸子自然是推拒的，不願意收下，也有些好奇她哪裡得來的錢。

李姝色解釋道：「嬸子妳就放心吃，我賣了個家傳的方子，賣了點錢，這些都是用賣方子的錢買來的。而且，如果早上沒有嬸子帶我去，陳掌櫃也不一定肯收我家的繡品。」

她說得誠懇，孫嬸子又忍不住念叨。「妳呀，有錢也不能亂花，日後妳夫君趕考，哪裡不需要銀子？」

李姝色知道她這是好意，笑著回她。「嬸子，妳放心，他趕考的錢，我都留著呢，不會亂動的。」

孫嬸子這才放心地收下，孫媛這小姑娘不知道在哪裡玩，李姝色也沒見到她，就離開了。

走在回家的路上，沈母已經站在門口張望，似乎是在等著他們回來。一看到他們，面上一喜，向他們的牛車走來。待看到他們車裡擺著的東西時，驚訝出聲。「峭兒，色兒，怎麼買了這麼多東西？」

沈峭率先下牛車，緊接著轉身，對著李姝色伸手。

李姝色自然而然地將手放在他的手心，隨後在他的攙扶下，走下牛車。

沈母看見他們這副樣子，心中有些詫異，感覺這對小夫妻與早上時有些不同，好似更加親密了？

沈峭在搬東西，李姝色就挽著沈母的手臂進門，她先是說：「娘，不好意思，今日您的繡品賣的二十文錢，被我花完了。」

沈母更加詫異。「二十文能買這麼多東西？」

「這些是我賣了個方子，老闆大方，給了我五百兩，所以我就和夫君一起添置了這些東西。」李姝色如是說。

沈母一聽，瞪大了眼睛。「五、五百兩？」

李姝色點頭。

沈母長這麼大，聽過五百兩，但是沒有見過，她難以置信地問：「色兒，妳莫不是在跟我說笑？什麼方子能值五百兩？」

進屋後，李姝色從懷裡將銀票掏出來，放在桌子上，銀票歸銀票，銅板歸銅板，整齊地擺放著。

她說：「雖然我花了繡坊老闆娘給的二十文，不過那五百兩，我只用了不到三兩，還剩餘這麼多。」

真真切切的銀票擺放在她眼前的時候，沈母揉了下眼睛，才確定她沒有在作夢，但還是感覺如在夢裡。「色兒，妳老實跟我說，你們究竟去城裡做什麼了？哪來這麼多銀子？」

正巧，李姝色見沈峭搬完最後一趟東西，又見他手裡拿著的肉包，便接過來，對他說：「你和娘解釋吧，我去熱包子，今天晚上最好吃了。」說著，便往廚房走去。

沈母心中有顧慮是應當的，但她不知道該怎麼解釋，畢竟大佬可以一下子接受她的改變，但是沈母呢？面對轉變這麼大的她，沈母難道就真的毫無芥蒂嗎？

所以，她把空間留給他們母子倆。

她相信，人心換人心，沈父、沈母對她好，她也對他們好，他們一家人在一起就是幸福快樂。

等她熱完包子，再回去的時候，沈母已經接受了她賣方子賺錢的事，雖然她不知道沈峭是怎麼說的。

她拿起肉包給沈母。「娘，您快嚐嚐，這個肉包可好吃了，我保證您吃了還想再吃。」

沈母拿著熱呼呼的肉包，眼中突然露出一抹心酸。「當年，我和妳爹逃荒逃到這裡的時候，餓得實在沒辦法，就啃樹皮吃。那年，死了好多人，路上都是白骨，多少人都沒有挺過來。我和你們爹也以為會死在路上，哪裡想到還有今日吃肉包子的時候……」

李姝色知道二老吃了不少苦，才能夠將他們二人拉拔大。按理說這樣的家庭，養一個讀書的沈峭已是極限，再養一個孤女的她，完完全全是二老心善，不忍她死在那嶼君山上。

她伸手抱住沈母的胳膊，安慰她道：「娘，那些都過去了，不過是肉包子而已，等以後夫君考取狀元，當了大官，說不定到時候您就吃膩了，再也不看這肉包子一眼呢。」

她這可不是畫大餅，沈峭以後有權有勢，當然也有錢，沈母以後頓頓想吃肉包都成。

沈母拍了拍她的手，吸了吸鼻子。「我知道妳識大體，聽峭兒說，妳賣方子的錢都打算給他進京趕考用？」

「是啊，」李姝色坦然。「如今全家都在為夫君趕考的事做準備，爹上山打獵也是為了多賣點錢貼補夫君，我哪有賺了錢藏著掖著的道理，自然也是給夫君準備的。」

沈母先前聽沈峭說時，心中還半信半疑，如今聽李姝色親口承認，心裡似有暖流湧動，再次紅了眼眶，語氣鄭重地對沈峭說：「峭兒，色兒如此對你，你以後若是負她，便不再是我的兒子！」

李姝色聞言，陡然一驚，這負不負的標準很難說，怎麼就不認他這個兒子了？忙阻攔道：「娘，您別這麼說，夫君他……」

她的話還沒有說完，就被沈峭出聲打斷。「是。」

李姝色訕訕住嘴。

沈峭又道：「都聽娘的。」

李姝色無言，她有心阻攔也沒攔得住啊，她要的不是他不負她，是他能記住她的好就成。

況且，錢是錢，感情是感情，她向來不喜將錢和感情混為一談。她把這錢拿出來，也不是為了逼迫沈峭。

不過，看著眼前母子倆一唱一和，她沒有開口，省得掃了他們的興致。

她道：「這錢，娘您收著吧，您收著，我們都放心。」

她更加放心沈母的品性。

沈母卻搖頭。「色兒，這是妳賺的錢，娘沒有全部收著的道理。這樣吧，娘替你們保管一半，另一半你們先用著，不夠再向娘要。」

李姝色接話道：「娘，我們還能不放心您？您就收著吧，家裡唯一的錢匣子可是由您保管的。」

她看了一眼沈峭，沈峭立即會意地附和。「娘，您就收下吧。」

沈母見他們都如此說，這才把錢收起來，但還是給了他們一大把銅板當零用錢。

李姝色其實並不太在乎管家權在誰手裡，畢竟她也有些懶得管，沈母一直在管，也管慣了。

而且，沈母雖是她婆婆，但更是她的娘，她不放心誰，也不會不放心沈母。相反，她倒是很喜歡被人管著、讓家長給錢的滋味。

因為，上輩子她認真打拚的時候，從來沒有人伸手給過她錢。

第十八章　心意通

因著買的一大堆東西，婆媳倆收拾了好一會兒，才收拾完。

看著眼前的屋子，多了些新添置的東西，沈母一直誇她會買，買得好，而且對她買的零食也沒有多說，還說她喜歡就多買些，小孩子吃點零嘴又沒什麼。

李姝色覺得，這哪裡是婆婆，這分明就是她的娘。看著因沈母給的零用錢而鼓起的荷包，她的底氣很足。「嗯，都聽娘的，我就去縣城買。」

沈母被她這話給逗樂了，直笑她孩子心性，有些長不大。

李姝色的頭靠在她的肩頭，嚷嚷道：「一輩子都做娘的女兒才好呢。」

沈母拍了拍她的腦袋，有些想沈父了。「也不知道妳爹啥時候回來。」

李姝色回她。「說是能在清明節之前回來，應該快了吧。」

回屋的時候，沈峭還在溫書，燭光微弱，襯得他半張側臉忽明忽暗。

她又點了一支蠟燭，屋裡瞬間亮堂了些，她說：「夫君，仔細眼睛。」

這麼長久下去，若是眼睛近視了可怎麼得了，古代又沒有眼鏡。

沈峭聞言，捏一把眉心，看了看天色，問她。「娘睡了？」

李姝色「嗯」一聲。「夫君等一下也睡吧，明早再起來看書也不遲。」

他淡淡出聲。「嗯。」

李姝色忙了一天，著實有些累，打了個哈欠，但想到自己還有正事，便溫聲說：「夫君，在睡之前，我想和你說件事。」

雖然她的聲音溫和，但是沈峭還是很重視地放下書。「妳說。」

她語氣陡然認真起來。「剛剛娘說的話，你其實不必太放在心上，不管我們以後如何，你和娘始終都是母子。」

她其實是害怕他真的將沈母的話給聽進去，之後即使要娶公主，也不會休了她。

古代不是還有平妻一說？想她一個沒有背景的孤女，如何能與公主爭？

所幸，她也不想去爭，她這麼說，只是想要告訴他，心裡不必有負擔，也不用因為沈母特地保留他們的名分。

她雖是好意，但是這話落在沈峭耳中，卻不是那麼對味，他微微蹙眉。「妳這是何意？」

李姝色自顧自地說：「我知道你當初娶我是逼不得已，若是你以後遇到心愛的女子，不必覺得為難，娶了便是。」

沈峭的眉頭皺得更緊了。「那妳待如何？」

李姝色理所當然地回答。「按照我們如今的情分，你應該不會做出休了我這樣的事吧。大不了給我一紙和離書，我們此後橋歸橋，路歸路。」

沈峭終於不皺眉了，卻重重呵一聲。「和離書？」

李姝色陡然住嘴，都怪這燈光太暗，害得她都不能看清大佬的臉色，如今仔細一瞧，沒想到大佬的臉哪裡還有剛剛的平靜，分明是黑了下去。

她不明所以地點了下頭，又連忙道：「這都是以後的事了，夫君現在當我沒說也成。」

難不成，是因為她提和離，傷了大佬的自尊心？

這可是古代，女子最怕的就是被休，她現在上趕著要談和離，大佬即使心中不喜歡她，大約也是不快的。

李姝色話鋒又一轉。「不過夫君可以考慮我的話，我其實也不想阻礙夫君良緣。」

雖然那公主不是什麼良緣，但是感情之事怎麼說，沈峭喜歡就行，她又有什麼資格攔？

沈峭簡直快要氣笑了。「睏了就去睡，別瞌睡打過了頭，連說話都不過腦子。」

這是大佬第一次罵她吧？第一次吧？以前是懶得罵她，如今可好，罵她都不帶髒字。

李姝色有些不滿地說：「我為夫君著想，夫君居然這麼不領情。罷了，以後有你求著與我商量的時候。」

瞭解劇情的她，跟著又是不滿地「哼」一聲，之後，便轉身奔向大床。

沈峭卻因著她的話，陷入沈思，她這話是什麼意思，倒有幾分未卜先知的意味……

接下來幾天，在沈母望穿秋水之際，沈父滿載而歸。

他這次和張二叔共同獵得一隻野豬，其中驚險不得而知，但是兩人抬著野豬進村的時候，可是高昂著頭，恨不得讓全村人都看見。

李姝色也是第一次看見野豬，還活著，就是會有氣無力地哼唧幾聲，身上有幾道血痕，可見兩個人抓到牠也是費了不小的力氣。

熱鬧地圍了一圈人，張二嬸和張素素也聞聲趕到。

張素素已經沒有那天的小女兒神色，渾身上下多了幾分傲慢，對身邊所有人都不屑的樣子。但是眼神落在沈峭身上的時候，還是會有幾分志在必得。

李姝色只當她還是未死心，便沒有放在心上，蹲下身子打量起野豬來。

他們在商量野豬分配的事，她就在一旁聽著，沒想到事事都計較的張二嬸，這次居然沒有跟沈家分的意思，反而很是大方地把整頭豬都讓了出來，並且一臉焦急地想要拉張二叔往家裡去，像有什麼要事般。

張二叔雖有些納悶，但是張二嬸已經誇下海口，他也不好當眾違背，便讓了出來，由張二嬸與張素素拉回了家。

沈父白得一頭豬，覺得不好意思，便說殺豬那天會分給村裡所有人。

眾人紛紛叫好，畢竟這是只有過年才會出現的好事。

沈父和沈峭將豬抬回去，李姝色則和沈母跟著他們的步伐一起回家。

這邊，張二叔待離了人群，忍不住開口抱怨張二嬸。「妳瘋了，那麼大一頭豬，妳分都不分，全給了沈家？」

張二嬸卻道：「我沒瘋，家裡來人了，我只告訴你一句，素素不是你的女兒。」

張二叔一下子止住步伐，感覺晴天一個霹靂，隨後突然揚手，「啪」一聲甩在張二嬸臉上。「好妳個賤人，居然跟別人生了孩子，還讓我白白養這麼久，看我不休了妳！」

他氣得渾身發抖。

張二嬸先是被他的這巴掌給甩懵了，隨後號哭著上前撒潑。「你休我？你敢休我！我替你生兒育女，伺候你這麼多年，你這個沒良心的，居然說要休了我！我不活了！」

眼看著爹娘又要鬧起來，張素素打斷出聲。「爹，娘，你們鬧夠了沒有？說正事呢！」

「妳閉嘴，妳這個小雜種，這裡沒妳說話的分！」張二叔臉色鐵青地罵道。

張素素頭一次被人這麼罵，還是被自己的爹罵，不免紅了眼眶。

這時張二嬸終於反應過來。「不是，我剛剛說錯話了，我的意思是素素不僅不是你的女兒，她也不是我的女兒。」

張二叔腦袋嗡一聲。「啥？」

奄奄一息的野豬被解了繩索後，居然還能夠自己站起來，李姝色有些稀奇地看著，也不敢上前碰。

她兩輩子加起來都沒養過活豬，聽沈母的意思是說要養幾天，挑個好日子再殺，她就像是得到了一個好玩的玩具，對這頭豬更加上心了。

她問沈母。「娘，牠吃什麼啊？」

「隨便，野菜都行。」沈母回她。

「哦。」李姝色跑去拿野菜餵豬。

沈峭自然是回屋裡溫書。

沈父和沈母二人留下來清理其他獵物，有兔子、野雞和野鳥，他們要處理好才能拿到縣城裡賣。

沈父看了一圈家裡，幾天沒回來，竟然感覺有些陌生，家裡怎麼添了好些東西？

沈父疑惑地問出口，沈母就說出李姝色賣方子賺錢的事。

沈父的眼睛落在院子裡，看著拿著野菜、小心翼翼地靠近野豬的李姝色身上，突然開口。「五百兩？」

「花了三、四兩，其餘的都給我保管了。」沈母回他，又不放心地叮囑外面的李姝色一句。「色兒，妳小心些，不要太靠近牠。」

李姝色回了她。「知道啦，娘。」

這時，沈父再次開口。「要不，我們拿三兩，把那玉珮給贖回來？」

沈母的視線不由得也跟著他落在院子裡的李姝色身上，嘆一聲。「用色兒賺的錢，換色兒的玉珮，這叫什麼事？」

沈父語氣微弱。「是我沒本事。」

沈母立馬接話。「當家的，可別這麼說，色兒不會介意的，她現在變了，不像從前那般蠻橫。等贖回來，我們好好跟她說清楚，相信她會原諒我們的。」

「當年要不是為了峭兒……唉，罷了，先把玉珮給贖回來吧，到底是我們對不起色兒。」沈父重重嘆一聲，似是憶起了什麼不好的記憶。

沈母手裡有錢，底氣也足。「好，想必我們原價贖回，他張家也不會說什麼，若是有什麼，加價贖回也成。」

沈父應了聲。「是。」

李姝色不知道沈家二老討論之事，還在興致勃勃地餵著野豬。

那頭豬許是站累了，躺了下去，她蹲下身子，遞野菜過去的時候，牠的嘴巴還一動一動地咀嚼，頗有些舒適地哼唧著。

李姝色餵著玩了好一會兒，終於感到有些累，洗完手便進了屋。

如今，將草紙換成白紙後，沈峭練起字來更得心應手，在家時，他再也不會克制筆鋒，整個筆風大變，充滿凌厲之氣，頗有殺伐決斷之風。

李姝色走近一瞧，有些被驚住，但到底沒有出聲，靜靜地站在旁邊幫他磨墨。

這時，沈峭突然停住筆尖，灼灼視線看向她，問：「要試試嗎？」

他想到了昨天寫配方時，是他代她執筆。

李姝色面上一喜。「好啊。」

她挪動身子，站到沈峭身邊，沈峭向旁邊移開一點身子，隨後將毛筆遞給她。

她是真的第一次碰毛筆，如果知道以後只能使用毛筆，她無論如何都應該在現代練起來。

但是奈何，她沒有未卜先知的能力，所以當她模仿沈峭寫了幾個字之後，不由得黑了臉。

為什麼沈峭的字看起來磅礴大氣，她的字就糊成一團，跟狗爬似的？

她不滿地嘟了下唇，有些洩氣地嘆一聲。

剛想放下筆的時候，手突然一重，他溫熱的手心覆上她微涼的手背，她的耳畔傳來男人輕柔的聲音。「一口吃不成胖子。」

他許是看出她身上的躁意，知道她急於求成，還沒有學會握筆呢，就想著寫成一手好字。

然而，這字哪裡是這麼好寫的？還想著臨摹他的字，還沒學會走，就想著要跑了。

李姝色被他看破心思，有些羞赧。「我不是不認識這些字，就是寫不出來。」

此話一出，沈峭心中的那股怪異感再次不安地湧動，但是他向來喜怒不形於色，面上不會讓人看出分毫。

她居然識字？果然不是之前的人了，若是種種改變都可以是裝的，識字卻是裝不了的。

原本的李姝色完全是個文盲。這個小笨蛋，終究是露餡了。

沈峭握著她的手，在她耳邊教導道：「重心要穩，手不要抖，我帶著妳寫，就寫妳的名字吧。」

名字？

李姝色眼睛一亮。「好！」

她想到自己的名字是由他取的，她知道姓李的由來，是因為她的襁褓繡著一個「李」字，但是「姝色」二字，好聽是好聽，但是由來呢？

她本名不叫李姝色，一穿過來便有了原主的記憶，便也默認自己就是李姝色了。

她偏頭，下筆前有些好奇地問：「夫君，聽說我的名字是你取的，有什麼由來嗎？」

沈峭聞言，卻是一愣。

由來嘛……

當年，父親將她抱回來的時候，還未進屋，就聽到她如幼貓孱弱的叫聲，真是惹人心疼。

父親先是抱著她給母親看，他踮起腳尖怎麼樣也看不到，有些急地拉扯父親的袖子。父親這才彎下身子，給他看到她的小臉。

她的臉宛如瓷娃娃，一雙大眼如葡萄般透亮，鼻子和嘴巴都很小，渾身透著股奶味，叫聲更是軟軟的，他伸出手，仍是不敢碰她。

她長得實在是太好看，他從未見過如此好看的女娃娃，都說三、四歲就有了記憶，初見她的記憶也一直刻在他的腦海裡。

她小的時候，還算乖巧懂事，也有整天跟在他屁股後面喊「哥哥」的時候，軟糯的聲音，讓他心軟得不像話。

她一直沒有名字，在家裡排老二，所以爹娘就叫她「李小二」。

後來，他開始識字，她也懂事了一些，嚷嚷著他有名字，她卻沒有名字，她也想要個名字。

那時，他想，要個名字又有何難？取一個便是。

瞧見她那張天真瓷白的臉，掬一束野花，編織成花環，戴在頭上，當真是世間獨一好顏色。

最特別的顏色，殊色？便叫李姝色可好？

她脆生生地應了聲好，笑開了懷。

如今，她大約是忘了那天的事，所以才會有此一問。

沈峭臉不紅、氣不喘地回她。「沒有什麼寓意，只是說妳長得好看。」

只是這樣嗎？

李姝色伸出另一隻手，輕輕拍拍臉蛋，有些傲嬌地「嗯」了聲。「夫君所言甚是，大約就是顏色極好的意思。」

沈峭桃花眼定定地看著她，無聲地彎了下唇。

練毛筆字是個力氣活，李姝色練了小半會兒就感覺到手痠不已，但最主要的是，她的手背感受到了層薄汗，況且他們靠得如此近，近到可以感受到彼此的呼吸。

已經突破社交距離，她即使再心大，也還是反應過來，咬了咬下唇說：「夫君，我想歇會兒。」

沈峭見李姝色的字逐漸形成自己的風格，從一開始的不成形，到後來逐漸成形，由他帶她，再由她自己掌握節奏，儼然大有進步，便鬆開她的手，准她休息。

沈峭難得地在自己擺放整齊的書架上，將自己幼年用來臨摹的字帖翻找出來，這還是當年老秀才特地給他的。

他將字帖遞給李姝色，讓她照著練。

李姝色接過，大言不慚地道：「我喜歡你的字，想要照著你的字練。」

沈峭哂笑。「等妳什麼時候能走了，再學會跑吧。」

李姝色撇撇嘴。「我就不信，我寫不來你的字。」

她的字本就大氣，當年她學習的時候，因為沒錢買本子，所以每回都寫小字。

後來因為字小，容易讓閱卷老師看不清，在某些時候會吃虧，特別是寫作文的時候，所以她就改變了字體，改成偏大氣的風格，與沈峭的字有異曲同工之妙。

她覺得，與其讓她對著字帖練，還不如對著他的字練呢。
罷了，誠如他所說，她還是先學會走，再學會跑吧。
於是，從這天開始，李姝色多了一項打發時間的事。
那便是，練字。

第十九章　撞見

那頭，張二叔一家匆忙趕回家的時候，家裡的貴客已經等了好一段時間。

來人坐在上座，穿著甚是低調，身穿青綠錦繡服，腰間束著同款錦帶，只不過中間白玉透亮，不似凡物，腳蹬黑色皂靴，腳邊倚著桌腿處放著一把彎刀。

左右兩旁站著兩人，腰間都配著短刀，他們手指握在刀柄上，目不斜視。

張二叔剛進家門，就看到這副場景，雖然已經有了心理準備，但還是被嚇了一跳，忙弓著身子，連話都說不平穩了。「大人，小民張二，讓大人久候，是小人的不是。」

青綠衣袍男人銳利的雙眼掃視一家三口，聲音低沈地問張二嬸子。「妳的臉怎麼了？」

張二嬸子沒有想到他會有如此一問，連忙捂著臉解釋。「大人，您有所不知，我剛剛把事情跟我家這口子坦白，我家這口子脾氣暴，就給了我一巴掌，讓大人見笑了。」

看著張二嬸子臉上的巴掌印，不像是作假，青綠衣袍男子挑眉。「坦白？」

張二叔故作生氣地說：「是啊，當時這婆娘跟我說，素素不是我親生的，我一時情急以為她在外頭偷人了，所以就打了她一巴掌。」說著，又幽幽嘆道：「哪裡知道，素素原本是她在路邊撿來的孩子。當年，她在娘家待產，回來的路上，孩子不小心夭折。那時她怕被我罵，又在路上遇到被丟棄的素素，一時不忍便抱回來當自己孩子養。小人一直都不知道，竟以為素素是小人的女兒，到底是小人沒福氣。」

張素素聞言，抹了把眼角的淚水，聲音哽咽道：「爹，娘，女兒今日才知，竟不是你們的女兒。若不是娘當年心善，想必我也活不到今天。」

「傻女兒，」張二嬸直接撲在她身上。「這鄉下又有哪裡好的，妳的親生父親可是全天下最矜貴的人，妳也該到了認祖歸宗的時候。」

全天下最矜貴的人是誰？答案不言而喻。

可不是當今天子？

誰能想到當年貴妃的女兒居然流落到這偏僻小村莊裡，如果不是機緣巧合看到當年皇上賞賜給貴妃的玉珮，怕是宮裡所有人都認為小公主已經死了。

青綠衣袍男子冷眼看著眼前三人的親情戲，他現身之前就已經將事情調查清楚了。

當年，這張二嬸子就是在娘家待產，回來的時候，手裡就多了個襁褓女嬰。若說是自己孩子夭折，在路上撿個孩子當作自己孩子養也無可厚非。

還有就是那枚玉珮，那枚玉珮才是最關鍵的。

他輕咳一聲，道：「玉珮在哪兒？」

張二嬸子擦了擦眼淚，連忙應道：「在的、在的，當年就放在素素的襁褓裡，我這就拿給大人看。」一說著，也不避著人，就從箱子裡將用帕子層層包裹的玉珮給拿了出來。

青綠衣袍男子手指接過玉珮，銳利的眼神細細打量，一寸寸驗證後，確定是真的。

是皇家之物，不是這小鄉村裡的人可以隨便揑造的。

況且，這個「李」字，乃是陛下親筆手書，斷不會有錯。

他這才將審視的目光落在張素素身上，雖說這樣貌放在這小村子算是出挑，但是放在京城卻是不夠看的。

沒有繼承貴妃娘娘的美貌，倒是可惜。

張素素被他盯得心裡有些發毛，但是仍強迫自己挺直胸膛，接受他的審視。

青綠衣袍男子將玉珮遞還給她，只丟下一句話。「好好收著，別丟了。」

張素素雙手捧著接過，重重地點了下頭。「嗯。」

她知道，這枚玉珮是她唯一的機會。

她想要往上爬，她不想留在這小村莊裡，當個沒見過世面的農家女，她想要去京城，想要看外面的世界，想要……

她心中想要的事情太多，如今每走一步就如同行走在刀尖上，她絕對不能失敗，否則代價不是她能承受的。

青綠衣袍男子腳微動，彎刀飛起，落在他手心，再也不看張素素一眼，道了聲「走」字後，其他兩人立馬跟上。

來去如風，來得突如其來，走也走得猝不及防。

等見不到他們的身影，張素素這才一下子垮了肩膀，緊握著玉珮，貼在胸口處，死死咬著下唇，不讓眼中淚水落下來。

她會成為人上人的，一定會！

沈父歸家後不久就是清明節，清明時節雨紛紛，一大早天就是暗的，天上烏雲密集濃得像是化不開的墨。

沈父年前做了一件重大的事，那就是他將祖墳遷到鍾毓村了，如今就與其他村民的祖墳，立在嶼君山不遠處。

據說，是塊風水寶地。

中午吃完飯後，沈家父子要去祖墳燒紙上香，李姝色則留下來幫沈母收拾碗筷，因著下雨，便沒有跟著去。

然而，剛收拾完不久，卻見雨勢漸大，想到沈峭和沈父只是頭戴斗笠，連蓑衣都沒有穿，沈母心中不免有些擔心，想要送把傘給他們。

李姝色自告奮勇。「娘，我去送傘給爹和夫君吧，外面雨大，您就待在家裡。」

沈母自然沒有直接答應。「妳認識路？娘不放心他們，但也不放心妳啊。」

李姝色手裡已經拿了兩把傘，將其中一把撐開，笑著說：「娘，雖然我不認識路，但是我知道跟著別人走啊，現在走在路上的人還不都是去同個地方？」

路上欲斷魂的行人，都是要趕往自家祖墳的。

說話間的工夫，雨勢陡然小了些，沈母抬頭看了看天色，有些不放心地點頭。「嗯，妳小心些，見到妳爹他們，就讓他們趕緊回來。」

「嗯。」李姝色點頭應道。

剛剛路上確實有行人，但是一陣大雨之後，大家都跑回家躲雨了，所以李姝色走在路上，一個人也沒有看見。

好在她知道大致位置，靠近嶼君山，所以她就憑著記憶往嶼君山那邊走。說不定，運氣好的話，就能碰見回來的沈家父子。

然而，她低估了自己的路癡屬性，走著走著就不知走到了哪裡，再加上下雨，看不清前面的路，泥路又難行，環顧四周，有些迷茫地停下腳步。

前方蘆葦高立，蘆穗搖曳，勁風吹過，蘆葉發出沙沙的拍打聲，四周很靜，耳邊只餘這一種聲音。

天色很暗，即使是白天，也如暗夜般，她立在原地，突然心頭爬上一種毛骨悚然的感覺。

她不敢耽擱，立馬回頭，打算原路返回。

就在這時，不遠處的蘆葦叢中，突然蹦出兩個人，噼哩啪啦的劍刃撞擊，速度快得讓人眼花繚亂，他們二人從半空打到落地，難捨難分。

李姝色手指緊握著傘柄，忙小跑著遠離他們，免得自己被誤傷。

待躲好後，她定睛瞧了瞧，其中一個揮舞長劍的男子，正是前些日子剛打過照面的李琸睿。

與他對戰的男子全身被黑衣裹著，臉覆黑色面巾，全身上下只有雙眼睛露在外面。

李姝色還是頭一次見到真實的打鬥場景，心驚膽顫的同時，緊緊閉著嘴巴，害怕到不敢發出一點聲音。

李琸睿畢竟是男主角，不會隨隨便便死在黑衣人手上，只見他甩出個漂亮的劍花，隨後將黑衣人一劍封喉。

黑衣人瞪大了眼睛，高大的身子直挺挺地倒下，很快脖子上流出的血就染紅了身下的水窪。

李琸睿慢悠悠地將手中的劍收回，雨水洗去了劍身上的血，一點都沒有留下，劍尖泛著森白的冷光。

李姝色看得心頭縮緊，猶豫著要不要跑路。

這時，他突然開了口。「現身吧。」

現身？他不會說的是她吧？

李姝色尋思周圍也沒其他人，便踟躕著挪動腳步。

李琸睿緩緩轉身，看到撐傘的女子面容忐忑，懷裡還抱著一支傘，像是要去接人的樣子。

他微微挑眉，竟是她？

李姝色見他站在雨中，便將懷裡的傘獻出。「要不，你先撐著躲雨？」

明明有些怕他殺人的樣子，卻還是向他伸了手，未免乖巧得有些不像話。

李琸睿上前兩步，伸手接過她的傘，道了句。「謝謝小妹妹。」

小妹妹？她才不小！

好吧，她這具身子還小，就是個國中生的年紀，確實是小妹妹。

李姝色的腦子裡，剛剛一直轉動個念頭，那就是歷來男主角就是正派角色，基本上不會濫殺無辜。當然，反派男主角就另當別論。

所以，她只要不胡亂說話惹怒他，他應該不會順手了結自己吧？

怎麼今天如此運氣不濟，出門就遇到男主角殺人？

李姝色苦著一張臉道：「我剛剛什麼都沒有看見。」

李琸睿聽她這軟軟的一句話，狹長的丹鳳眼中滿是笑意。「就算是看見了也無妨。」

李姝色不解。「啊？」

李琸睿不再解釋，而是問她。「妳家離這裡遠嗎？」

李姝色先是下意識搖頭，隨即又點了點頭。「遠。」

李琸睿旋即正色道：「哦，妳一個女孩子回去不安全，我送妳回去。」

李姝色傻住了。

第二十章　巧遇

李埻睿送她回家是有原因的，那些殺他的人，一波又一波，難保不會殃及到她，索性他就送她回去。

於是，莫名其妙地，路上就出現這一幕：李姝色走在前頭帶路，李埻睿撐著傘跟在她的後頭。

美其名曰護送她回去，但是具體目的她卻不得而知。

之前那種男主角都是正派角色的想法已經從她腦海中溜走，她現在滿腦子都是：怎麼辦，要把他帶去哪裡？可不能把他帶回沈家啊！

李埻睿上前兩步，與她並肩走，偏頭就看她眉間糾結的神色，杏眸星眼，看起來倒和寵冠六宮的貴妃有幾分相似。

看她嬌小的樣子，他心中不知為何，莫名有種想要摸摸她腦袋的衝動。

李姝色不知道他心中所想，只是步子走得越來越慢，恨不得就此停下才好。但也不能真的停下，便找話題問：「李公子，你怎麼會出現在這裡？」

李埻睿回答。「來尋人。」

尋人？尋誰，女主角嗎？

不對吧，女主角是將軍，他不去軍營尋，怎麼會跑到這個小村莊呢？

李姝色「哦」一聲，興致缺缺的樣子。

李琸睿又瞧她一眼。「妳怎麼不問我，尋誰？」

又不是女主角，她才不感興趣，不過她還是很給面子地發問。「那你尋的人是誰？」

李琸睿笑了笑。「我的妹妹，一個失蹤很久的人。」

李姝色突然腳步一頓，有些莫名地看向他。「妹妹？」

皇子的妹妹是誰？那當然是公主啊！

這個年頭，居然還有公主流落民間的戲碼？

等等，貌似是有的，原著裡好像也提到過，只不過她有些記不太清了。

「是，」李琸睿也停下腳步，表情不變地道：「已經有消息了，說我的妹妹就在這鍾毓村。」

鍾毓村？

李姝色震驚地瞪大了眼睛，一下子接受到這麼多的資訊，她的腦子有些當機了。

發生公主流落民間的戲碼也就罷了，怎麼還流落在這裡？

這個村子說大不大，說小也不小，百十來戶的人口，她剛穿書過來不久，還真的沒有將每家的姑娘都細細看過。

說不定，還真的有姑娘是公主呢。

但見男主角長得這麼好看，想來公主也差不到哪裡去吧。

李姝色眼眸微動道：「那，祝你早日找回你的妹妹。」

她竟也不問他的妹妹是誰？

李琸睿看到她眼中迸發出來的亮光，分明是想知道，但是偏不開口問。

真是個有意思的人，還是說覺得即使問了，他也不會回？

他道：「一旦確認她的身分，家裡就會立馬派人風風光光地迎回。」

李姝色心道，那是當然，迎公主的陣仗不用想，就知道會有多盛大。

到時候，她豈不是有熱鬧可看了？

李姝色比起知道公主是誰，更對看熱鬧感興趣。

她道：「若真是如此，那天我定會去看看。」

李琸睿微微挑眉，不置可否。

不過，話又說回來，迎不迎回宮，又有什麼要緊的呢？

反正，這天下人都是父皇手中的棋子。

誰又知，這公主身分，是福還是禍呢？

這廂，沈峭和沈父見雨勢漸大，起了返家的心思。

往回走的時候，沈父突然眼角餘光瞥見一旁同樣冒雨回去的人，停下腳步道：「峭兒，你先回去，爹還有點事找你張二叔。」

沈峭看了眼獨自前來祖墳燒紙的張二叔，便點點頭。「好的，爹說完事，也早點回來。」

那邊的張二叔也注意到沈父的視線，突然頭皮一緊，捏著傘柄，加快了離開的腳步。

沈父見張二叔的步伐越來越快，連忙快跑幾步，拉住他的肩膀喊道：「張二哥？」

張二叔見實在避無可避，便強笑著轉了身。「好巧，沈老弟，你也這個時候來燒紙啊。」

沈父指著不遠處的大樹說：「我們去那兒躲躲雨，順道我還有事要問你。」

「可是，」張二叔想要拒絕。「今日雨大，況且家中還有妻兒在等我回去……」

沈父有些不耐煩地打斷。「若不是前幾日我一直找你，你都不在家，我會今日把你攔在這兒嗎？」說著，便拉起張二叔的袖子，把他往那邊樹下拖。

張二叔拗不過他，只能無奈被他拉著走到樹下。

站定後，沈父忍不住開口。「二哥，那天我和你說玉珮的事，你想起放哪裡了嗎？」

當年，沈峭不到四歲，發了一場高燒，沈氏夫婦二人實在沒有錢給他請大夫治病，就只能違背良心，賣了李姝色的玉珮。

本來，沈家二老是一直替她保管著，想等她長大一點，就把玉珮交給她，好讓她知道自己的身世。

沒承想沈峭遭此大難，不得已就將玉珮賣給張二哥家，張二哥那時可是村子裡的好獵手，除了張地主家，就他家最有錢，並且，也與沈家向來親厚。

沈家賣給他家也無可厚非。

只不過，如今想要原價贖回時，張二哥除了第一次說回去找找後，便一連好幾日都躲著他，也不知道那枚玉珮究竟在什麼地方。

色兒是個好姑娘，他們沈家不能做這種喪良心的事，等把玉珮贖回，再跟她好好說這件事，說到底這事怨他們，是他們為了自家兒子對不起色兒。

這些年，對色兒的百般縱容，何嘗不是一種補償呢？

該來的總是會來，張二叔拂開沈父拉著他袖子的手，臉色鄭重道：「沈老弟，你又不是不知，當年你老哥哥我不是摔斷過腿？雖然你沈家確實接濟過我家不少，但我家五口人，你接濟的可是遠遠不夠啊。」

他這話頭有些不對，沈父聽出來了，便繼續問：「所以呢，這和玉珮有什麼關係？」

「所以，我就把這玉珮給賣了啊。」張二叔一拍腦門。「當時你問得急，為兄沒有反應過來，回去怎麼找也找不到，還是我家婆娘提醒，當年就給賣了，隨著這玉珮一起賣的，還有好些東西，我們家這才挺過那次難關。」

沈父一臉震驚。「賣、賣了？」

張二叔重重點頭。「賣了。」

沈父眼中的亮光消失，心中像是堵了塊石頭，他當時會賣給張家，是存了以後好贖回的心思，但是沒承想，人算不如天算，張家還是給賣了。

他又問：「賣給誰了？」

張二叔順勢答道：「自然是賣到縣城的當鋪了，這麼多年過去，估計人家早就不知道又轉手給誰了吧。」

他這麼說，就是想斷了沈家想要找回玉珮的心思。

沒想到，沈父居然深深鞠一躬。「多謝二哥告知，不管之後當鋪又轉給誰，我一定要把它給找回來。」

張二叔的心裡咯噔了下，他怎麼如此執著，賣都賣了的玉珮，何必要苦苦尋回？

他張口剛要勸，就被沈父打斷。「二哥不必勸我，這件事我心裡自有主張，雖千難萬難，也必定尋回。」

張二叔神色複雜地看著沈父離開的背影，心道，沈家這不依不饒的，事情就有些難辦了啊！

先走一步的沈峭，回去的路上，正巧遇到李琸睿和李姝色二人。

李姝色抬頭看見他，說不意外是假的，連忙小跑幾步上前，將手中的傘撐在他的頭上，驚喜地問：「夫君，爹呢？」

「爹有事和張二叔說，讓我先回來了。」沈峭隨後看了一眼李琸睿，語氣平平地問：「他是誰？」

兩個男人就這麼隔空相望，誰也沒有先避開，桃花眼對上丹鳳眼，平分秋色地好看。

李姝色有些敏銳地感覺到兩個男人的氣場波動，忙開口道：「這位是李睿，之前我荷包掉了，是他撿到還給我的。今日可巧，在村裡遇見。」

隨後，又對李琸睿說：「這位是我的夫君，沈峭。」

李琸睿裝作了然道：「哦，原來你就是大名鼎鼎的沈秀才，寶松縣難得一見的奇才。」

李姝色聞言，有些詫異，雖然沈峭的名聲很大，但是也僅限於寶松縣吧，怎麼連在京城的男主角也知道？

不過，他既然來了寶松縣，聽別人說起也未可知。

沈峭自然而然地接過李姝色的傘，看著她單薄的身體，傘面向她傾斜，有雨點落在他的半邊肩膀，他也完全不顧，看向李琸睿說：「聽李兄的口音，不像是良州人。」

李琸睿微微笑道：「的確不是良州人，我家在京城，來這裡是為了尋親。」

京城的人？

沈峭聯想到那日李姝色遇到的事以及黑盒子，便不再詢問下去，語氣淡淡道：「哦，相逢即是有緣，李兄可否願意去寒舍喝杯茶？」

李琸睿本來就是有些擔心李姝色的安危，如今人家相公尋來，他便安了心。「沈兄客氣，我還有事，不便叨擾。若是有緣，京城再聚，我定好好請沈兄喝杯茶。」

沈峭聞言，神色微動。「有緣再聚。」

李琸睿眼神又看向李姝色，不知道為何，就是看她有些可愛，又透著股機靈勁，對他的胃口。他作勢要把傘收起來還給她。

李姝色看見他的動作，連忙開口。「李公子，不必了，這傘還是給你撐著吧，我與夫君共撐一把就夠了。」

李琸睿看著沈峭極為照顧李姝色的樣子，覺得這或許是他們夫妻間的情趣，便點了點頭，從腰間扯下一塊玉珮，上前遞給她。

青綠透亮的玉珮上面清晰地雕刻著一個「睿」字，她聽見他說：「姝色，若是妳日後到京城，可持此玉珮到東大街最大的府邸找我。」

李姝色看著玉珮，沒有直接收下，只是覺得他說話真是奇怪。

到底是想要她尋，還是不想呢？

若是想，就明明白白說到睿王府尋他不就好了，還繞那麼大彎子，她難道還要挨家挨戶地問，東大街最大的府邸是誰家嗎？

若是不想，刻著「睿」字的玉珮明明白白地擺在她眼前，她也知道這玉珮代表著什麼。

李姝色有些為難，直接看向沈峭，將難題拋給他。「夫君，我……」

沈峭一眼便看出這玉珮不是俗物，京城人，姓李又用睿字的，除了三皇子，還能有誰？

他想到被自己鎖起來的黑盒子，朝李姝色點點頭。「既是李兄的好意，妳便收下吧。」

李姝色一臉「我什麼都聽夫君」的樣子，接過李琸睿手中的玉珮，笑咪咪道：「那我就收下啦！等我日後能到京城，定會和夫君去尋你。」

李琸睿聞言，狹長的丹鳳眼透出一股笑意。「好。」

他走之後，李姝色便和沈峭共撐一把傘，往回家的路走。

他們挨得近，她偏頭，就能看到沈峭好看的下頜與高挺的鼻梁，如今他已經把頭上紗布拆了，額頭上的疤痕還沒有完全褪去，長了點新肉出來，看起來沒有一開始那麼嚇人。再過段時間，可能湊近了看，才會看到有疤的痕跡。

其實，這疤痕越早淡去越好，畢竟她也不想讓沈峭每天一照鏡子，就想起「她」當初背叛並傷了他的事。

沈峭見她偷瞄自己好幾眼，眼神若有還無地落在他的額頭上，便問：「怎麼了？」

李姝色掩飾心虛，轉移話題地問：「夫君，你覺得剛剛李公子是何人？」

「京城之人，非富即貴。」他回道。

「我也覺得他的身分不簡單，況且普天之下，能有『睿』字玉珮，並且又姓李的，似乎也只有他了……」李姝色猜測道：「雖然，他說來這裡是為了尋親，但是我們知道他的護衛以及黑盒子的事。」

沈峭知道現在李姝色腦子靈光，但是這見微知著的觀察力還是讓他有些意外，他道：

「三皇子，他恐怕不只是為了尋親，更是為了黑盒子。」

李姝色微微一笑。「夫君和我想到一塊兒去了。」

沈峭嘴角勾起。「但是，他並沒有表明身分，我們就當不知道這件事。」

她想了下，說：「不過，他既然為了黑盒子而來，想來裡面的東西對他很重要。雖然我們不知道他的身分，但肯定有人知道，我們只要透露點消息出去，他的人自然會找上門。」

「妳的意思是，將黑盒子交出去？」

「嗯。燙手山芋，越早交出越好。若是耽誤了他的事，以後再交給他，也是無用。」

沈峭聞言，「嗯」了聲。

李姝色便不再繼續說下去。

第二十一章　宿敵

沈峭和李姝色這一耽擱，倒是沈父先到家了。

沈母有些納悶，沈峭和李姝色怎麼還沒歸家？

沈父猜測，小倆口估計遇見了，在路上說說笑笑走得慢，他抄小路，所以走得快些。

沈父說到了正事上。「我今日碰到張二哥了。」

沈母眼中迸出幾分期待。「如何？玉珮的事怎麼說？」

沈父嘆一聲。「說是當年腿斷的時候，為了生計，將玉珮給賣了。」

「啊？」沈母皺起眉頭，忙問道：「賣到哪裡去了？」

「縣城裡的當鋪。」沈父坐下，有些口乾，便倒了杯茶水喝。

「那可如何是好？」沈母臉上有些著急。「我們怎麼跟色兒交代啊！」

之前一直沒說，也是因為這個緣故，色兒以前脾氣火爆，若是說了，家裡肯定雞犬不寧，而峭兒要讀書，需要安靜的環境，所以他們努力在維持表面的和平。

但是現在不一樣了，色兒變了，變得乖巧懂事，他們就更加不能拿沒影子的事告訴色兒，再親手將她的希望打破。

若是贖回便也罷了，將當年事道出即可。

但關鍵是現在贖不回來，他們把玉珮給弄丟了！

看著沈母焦慮不安的神色，老夫老妻的沈父看了難免心疼道：「妳先別急，我明兒個先去縣城當鋪看看，若是沒有賣出呢？即使賣出去，我可以問問下家，再找回便是。」

沈母聽他這麼一說，心也定了定。「那這事，我們要先與色兒說嗎？」

沈父跟著嘆道：「還是不了，現在玉珮下落不明，說了也是讓她平添傷感，等把玉珮尋回再說也不遲。」

沈母點點頭。「聽你的。哎，我這命苦的色兒啊。」

李姝色和沈峭回來的時候，敏銳地察覺到沈家二老之間氣氛有些不對，瀰漫著一股傷感，她不知道發生了何事，便以為是清明節的緣故。

聽沈母說過，未發生旱災前，沈父的爹娘尚在，也是和樂融融的一家人，後來大旱，兩位老人沒能挺過去，沈父、沈母大約是想到故去的先人吧。

沈峭思考著李姝色剛剛說的話，他現在手中沒有什麼人脈，唯一能想到的就是縣令和王庭鈞，便生了明天去趟縣城的心思。三皇子既然來了這裡，總不會不跟寶松縣有頭有臉的人物接觸吧。

他只需透露一點，三皇子自然就會尋過來。

他開口道：「爹，娘，明日我想去縣城辦點事情。」

沈父聽了，立馬接話。「巧了，我也要去，明日我們父子倆一起去。」

他們雖然都要去京城，但顯然不是為了同件事。

沈峭應道：「是，爹。」

皇城，永壽宮。

「陛下駕到！」

尖細的嗓音高聲揚起，一道明黃色身影緩緩跨進宮門。

還未進門，一著白色宮裝身影就撲了過來，嬌軟身軀趴在他身上，他慌亂接住的同時，耳邊傳來女人的悲痛哭訴。「陛下，臣妾的孩子，孩子啊……」

皇帝的眼底掠過一絲心疼，拍著她的後背低聲哄道：「好啦，會回來的，孤定為妳找回來。」

貴妃抬起一張哭得梨花帶雨的臉，鼻尖粉紅，眼中盈滿水花，聲音哽咽。「真的嗎？聽他們說，那個孩子手裡有玉珮，她就是我們的小公主，是不是？」

皇帝的眉頭微皺。「妳是聽誰說的？」

他可是封鎖消息，不讓人傳進永壽宮。

貴妃抹了把眼角的淚，有些小女兒姿態地哼了聲。「這麼大的事，陛下也不跟臣妾說一聲，臣妾也是乾著急，這才將錦衣衛魏大人給喚過來問話，他也沒說什麼，只是說玉珮有了下落。臣妾就想，玉珮有了下落，那麼小公主不就有了下落嗎？」說著，眼眶又紅了一圈。「當年，她才出生三天，臣妾都不敢抱她，就怕把她摔了，後來……後來她就被刺客搶走了！十幾年過去，那天的場景仍然在臣妾的腦海裡，臣妾使勁地追啊追啊，可怎麼也追不上刺客，怎麼也追不到小公主……」

她說得聲淚俱下，皇帝伸手一把抱住她，聲音放輕許多。「好了，貴妃，一旦經過證實，孤立馬就風風光光地將小公主接回。」

貴妃趴在他的肩頭，眼淚又是撲簌簌地落下，聲聲喊著「小公主」，惹得整宮伺候的宮女都紅了眼眶。

皇帝哄了貴妃好一會兒，又金口玉言說要接回小公主，貴妃這才止住哭泣，紅著眼眶跪送他離開。

他坐在轎輦上，拇指摩挲著食指上的戒指，突然開口問：「福全，貴妃怎麼好端端地叫了魏忠去問話？」

福全聞言，猜測地回道：「陛下，您找小公主的事，雖不是大張旗鼓，但是風聲難免會透露出去，說不定貴妃娘娘就是聽到了風聲，知道錦衣衛在調查此事，故叫了魏忠問話。」

皇帝輕輕地「嗯」一聲。

福全抬眸看了眼皇帝，也沒看出什麼，接著說：「魏忠只是說發現玉珮的下落，並沒有說那人就是小公主，說不定是娘娘自己認定的。」

「那你說，她會是孤的小公主嗎？」皇帝問。

福全笑了下。「奴才沒見過，可不敢胡亂猜測。」

皇帝輕哼。「滑頭的老東西。」

又走了一段路程，想到剛剛貴妃剛剛的哭訴，有些心煩意亂，皇帝開口。「福全，讓錦衣衛盡快查明，若真是孤的小公主，就著手迎回吧。」

沒什麼要緊的事，貴妃開心就好。

福全連忙應道：「是，奴才遵旨。」

這邊，貴妃等皇帝一走，便再也無法克制地大哭起來，身邊的花嬤嬤心疼極了。「娘娘，可不能這麼哭，傷了眼睛怎麼辦？」

貴妃想要抹淚，卻怎麼也止不住，抓住花嬤嬤的手，聲聲泣血。「本宮知道，這麼些年，她們都在看本宮的笑話，背地裡不知道有多少人罵本宮是不會下蛋的雞，成天就知道霸占陛下。她們都忘了，忘了本宮也生過一個女兒，她才剛出生三天，本宮才餵她幾次奶，然後她就被刺客搶走了！大冬天的，本宮赤著腳追他們，又因傷心過度，這才傷了身子。」

花嬤嬤知道永壽宮看似風光，娘娘有萬千寵愛，可是這殊榮背後，多少的心酸苦楚，就只能自己獨自嚥下，她拍了拍貴妃的背，安慰道：「都過去了，娘娘。等小公主回來，看誰還敢亂嚼舌根！」

貴妃聞言，挺了挺胸膛道：「等她回來，本宮一定好好補償她，讓她當這個世界上最快樂的小公主。不行，本宮等不及了，本宮明兒個就和陛下說，要親自去接小公主回宮！」頓了頓，她又咬牙道：「別以為本宮不知道當年刺客的真相，這筆帳，本宮會慢慢跟他們算！」

第二天一早，沈峭和沈父雙雙去了縣城。

李姝色則在家練字，一方面是打發時間，另一方面她也覺得這是件趣事，還能從中看到大佬練字的痕跡，橫豎撇捺都清清楚楚，原來他小時候就一板一眼，十分周正。

沈母如今手握鉅款，沒有那麼大的壓力，但還是每天拿著未完成的繡品去鄰居老姊妹家裡一起繡，李姝色覺得大概是去話家常了。

李姝色練得正起勁的時候，突然院子裡傳來一道呼喊聲。「阿色，阿色，妳在嗎？」

她擱下手中的筆，打開門瞧了下，竟是張秀秀。

這麼多天不見，她以為自己上次的話已經說得很清楚了，沒承想張秀秀還是來找她。

張秀秀看見她，忙向她招手。「阿色，妳在啊，快開門，我有話要對妳說！」

李姝色轉身就要回屋，卻被她下一句話止住腳步，她說：「是關於張素素的！」

張素素？

她再次轉身，聽聽也是無妨，防人之心不可無，說不定張素素又找張秀秀研究了什麼害她的法子。就像上次，用張孝良來勾引她，害得她差點就被浸豬籠，或者像原著那般就算不死，也斷了條腿。

她打開門，讓張秀秀進來。

張秀秀一派了然的樣子。「就知道妳們兩個是一輩子的仇人，提她，妳肯定會見我。」

一輩子的仇人？李姝色不愛聽這話，彷彿有種不知名的宿命感。

她與張素素本就無冤無仇，怎麼就非要糾纏一輩子？

李姝色皺眉問：「妳到底想要說什麼？」

張秀秀神秘兮兮地回道：「我跟妳說，昨天我看到她家裡來了好幾個男人，估計是她娘給她訂了婚事！」

就這件事？

李姝色在心裡翻了個白眼，表面淡淡地「哦」了聲。

張素素年紀擺在這裡，古代成親早，她娘給她張羅婚事，這不是尋常事嗎？有什麼好稀奇的，這也值當張秀秀當秘密說？

張秀秀看她一副滿不在乎的樣子，便急道：「哎呀，妳聽我說，重點不是這個。我去得巧，正好聽見來人提到什麼玉珮，讓她好好收著，然後他們就走了。出來的時候，把我嚇了一大跳，高大威猛，聽口音就不像是我們良州人。妳說，張素素她娘會把她嫁到哪裡啊？」

李姝色算是明白過來，張秀秀來找她，就是八卦來了。

無非就是懷疑張素素她娘給她訂了門好親事，半羨慕、半嫉妒地跟她提，好寬慰自己的內心。

李姝色聞言，問：「什麼玉珮？」

「這個我就不知道了。我去的時候，就聽到他們讓她好好收著，估計是定情信物一類，然後他們就出來了，我若是到得早，興許還能聽得多些。」

幸虧張秀秀去得晚，若是早到幾分鐘，這會兒還能不能有命跟李姝色八卦也未可知。

李姝色聽清楚了，與是否會害她的事無關，便興致缺缺。「既然妳感興趣，直接問她好了，妳也知道我向來與她不和，她的事我從不關心。」

「哎呀，大家都是一個村子裡的人，低頭不見抬頭見的，何必這麼見外？我只是有些懷疑那些人不會是京城的人吧？我雖然沒去過京城，但是聽我遠房表舅說，京城的人都穿得好看，那腰帶都鑲著玉石，可值錢了！」

張秀秀說了一大堆話，這句話是最有用的。

李姝色靜靜聽著，從裡面聽出了兩個字，京城？

京城的人怎麼會去張素素家？莫非……

她想到男主角對她說的妹妹，心頭一驚，拉住張秀秀的手問：「妳當真看清楚了？是京城的人？」

她剛剛還是滿不在乎的樣子，現在突然變了臉色，張秀秀被她問住了。「我不知道，我只是猜測，況且他們臉上也沒寫『我是京城人』啊。」

李姝色放開她的手，壓下心中思緒，想了下，問：「妳和張素素是從小玩到大的？」

「是啊，」張秀秀不明白為何她會這麼問。「跟妳也是，只不過妳們從小就不和。妳忘了當年選村花，大部分小夥伴都選了妳，但是張素素不服，還推了妳，這才結下梁子。」

還有這一事？原來是從小就針尖對麥芒啊。

但是，既然從小就生在鍾毓村，她又怎麼會是小公主呢？

李姝色又問：「那當初張二嬸生她的時候，可有發生什麼奇怪的事？」

「這我哪知道？」張秀秀只覺得她的問題越來越奇怪，哭笑不得。「當年我還沒出生啊，妳要問也得問妳娘，或者村子裡的嬸嬸吧？」

李姝色知道在她這裡打聽不出什麼，便進屋抓了把零嘴給她。「聽妳說了這會兒的話，來，吃點零嘴，這是我爹買的，我可沒捨得吃呢。」

張秀秀看著零嘴，兩眼發光地接過，有些羨慕地說：「妳呀，就是好命，看沈叔、嬸嬸對妳多好，簡直就把妳當親女兒看待。不知道我以後的公婆會是什麼樣子的。」

張秀秀見自己說了幾句八卦，就得了好些零嘴，笑咪咪地走了。心裡想著李姝色比張素素大方些，以後有張素素的事，再來跟她說。

張秀秀走後，李姝色的心中久久不能平靜。

她完全沒有料到，原來她以為的路人甲，竟很有可能是原著中極重戲分的女配角。

還是親手要了「她」性命的人之一！

怪不得誠如她剛剛的感覺，有種莫名的宿命感。

也不知這張素素是不是男主角要找的妹妹，是不是千尊萬貴的小公主？

說起原著中的公主，可是個能人。

不安居於後宮，竟如男子般攬弄朝堂，扶持無能的太子登基，太子死後，竟妄圖攜太子幼子登基，垂簾聽政。

況且，她後面還有個沈峭，把持朝政更是肆無忌憚，差點毀了整個大魏。

若不是男、女主角力挽狂瀾，恐怕大魏就要被周邊國家給蠶食掉了。

李姝色暫時不考慮那麼多，就是為自己的前途擔憂。

畢竟，如果張素素是公主，那她和未來公主的恩怨可是從小就結下了。

而且她還搶了公主的相公……

李姝色幽幽嘆一聲，心想，不管張素素是不是公主，以後避著點吧，若是招惹不起，還躲不起嗎？

第二十二章　接公主

同時間，縣城裡的沈家父子二人在城門口分開。

沈父來到當鋪，問了十年前張二叔典當玉珮的事，他想要贖回。這次為了贖回玉珮，可是帶了十兩銀子，沈甸甸地放在胸口，心裡正熱呼著。

可是當鋪翻來翻去都沒有找到那條紀錄，大手一揮。「沒有紀錄，你去別家問問。」

這縣城裡就兩家當鋪，沈父也不惱，直接奔向下一家。

可是下一家翻找半天，也沒有找到相應的紀錄，那年確實收到幾塊玉珮，但是成色都不佳，況且又是「李」字又是「鳳凰」的，可沒有收到過。

「沒有紀錄，客人莫不是記錯了？」

這時，心頭發熱的沈父就像是被潑了盆涼水，急道：「不可能，就是典當在你家了，你再翻翻，不可能沒有紀錄。」

夥計的脾氣也上來了。「就是沒有紀錄，說破了天也是沒有！我在這兒幹了十幾年，從沒有見過什麼鳳凰玉珮，瞧你也就是個農民，你家能有什麼好玉珮來賣？」

沈父頓時臉脹得通紅，沒有跟夥計吵起來，心裡也略微明白過來，自己可能是被張二哥給騙了！

他有些惱怒地轉身走了。

沈峭去了一品鮮，接待的還是上次的小二，見到是他，臉上立馬變得熱切了。「沈秀才，您是來找二公子的吧？可巧，今日大公子也在，小的領您過去。」

沈峭看一眼大堂，看見幾張桌子上已經擺了火鍋，況且香味濃郁，食客們紛紛驚呼好香。

他跟著小二來到三樓，三樓比二樓更加寂靜雅致，走在長長的回字走廊上，只聽得見腳步聲。

小二說：「您來得可巧，原本二公子這次回來就是為了祭祖，如今清明一過，他就快要回府城了。」

沈峭聽完，回了句。「是巧。」

更巧的是，陪在王庭鈞身邊的是他大哥王庭堅。兩兄弟正在商量回去的事，王庭鈞還想玩幾天，但是王庭堅想要讓他早點回去溫書。

當然談話間，是王庭堅對弟弟單方面的壓制，王庭鈞不服、不滿卻也無可奈何。兩個人正拉扯的同時，沈峭到了。

王庭鈞眼睛一亮。「快，請進來。」

因著沈峭是個好學生，所謂自家孩子要玩，就跟好學生玩，這點古今通用，所以王庭堅很同意他們相處。

沈峭被請了進來，王庭鈞熱情地招待他坐下，還讓小二給他泡杯茶。緊接著，又問：「你娘子沒有與你一道來？」

王庭堅白了他弟一眼，呵斥。「又在說些什麼不著調的話？」

聽到哥哥的罵聲，他這才撓著腦袋反應過來，這話問得不妥，忙解釋說：「我不是那個意思，用了她說的火鍋後，我家生意蒸蒸日上，我和我哥想著再見她一面，好當面感謝她。」

沈峭聞言回道：「方子已經賣出，況且你大哥也付了相應的報酬，擔不得一個謝字。」

「擔得、擔得，」王庭鈞一臉笑咪咪。「就是想著她是不是還有其他新奇的吃法？」

王庭堅實在忍受不了他弟一臉吃貨的樣子，上前拍了下他的頭，忍不住罵道：「整日就知道吃，你應該像沈秀才般，多把心思花在讀書上。」

王庭鈞手摸了摸被他哥拍過的地方，頗有些委屈地哎一聲，嘟囔道：「整天就知道讀書讀書……」

王庭堅不再看他弟，而是看向沈峭，開口道：「我這個不成器的弟弟，讓你看笑話了。」

「庭鈞，乃是性情中人。」

王庭鈞輕輕抬起下巴，看他哥一眼。

王庭堅無奈地搖了下頭。

王家就兄弟二人，他經商已成定局，無法改變，但是他弟，總歸是要走仕途那條道的。玉不琢、不成器，他現在還小，等以後長大或許會好些。

王庭堅看向沈峭，道：「你們敘舊，為兄就不打擾了。」

見他起身要走，沈峭叫住他。「王大哥，慢走一步，沈某有些事想要找你商量。」

「哦？」王庭堅起了好奇心。

王庭鈞也很好奇地問：「什麼事啊，找我不成嗎？」

沈峭娓娓道來。「你們也知，鍾毓村有座嶼君山。阿色前些天去那裡挖野菜的時候，遇到了一個人。」

他隻字不提滴水湖的事，因為這是全村人想要保住的秘密。況且湖小，即使有外人發現，估計也不會當回事，像這樣的湖泊，不只鍾毓村才有。

「後來呢？」王庭鈞有些沈不住氣地問。

「那人渾身都是刀口，血淋淋的，將阿色給嚇了一大跳。」沈峭繼續開口。

既然已經決定將這件事給透露出去，他便不再有隱瞞。若是沒有見過這位三皇子，他可能會考慮自身安危，如今見過一面，三皇子又給李姝色玉珮，他相信自己的直覺，三皇子即使拿到盒子，也不會對他們夫妻怎麼樣。

況且，昨日阿色與他說了，撞見他殺刺客的事，後來也沒有做出傷害阿色的事，所以他們兩個決定賭一把，找上王家。

王家的勢力錯綜複雜，扎根在府城，但是在京城也有勢力。

就看王家願不願意蹚渾水，話頭是他起的，至於別人怎麼做，就不是他能夠控制的了。

這下，王庭堅倒是比王庭鈞更著急地問：「然後呢？」

王庭鈞沒想到他哥比他還要急，便訕訕地閉了嘴。

有些苗頭，沈峭繼續道：「那人只剩下最後一口氣，隨後將個黑盒子交給阿色，並且讓她交給一個人。」

王庭堅徹底坐不住了，站起身子問：「何人？」

王庭鈞的眼眸上抬，這到底是怎麼了，向來喜怒不形於色的大哥居然如此不淡定？

沈峭道：「三殿下。」

王庭堅面上一喜，追問道：「當真？」

「這話，我怎可騙人？」沈峭反問。

王庭堅立馬走到沈峭跟前，眼中毫不掩飾急切地問：「那個黑盒子呢？」

「在家裡。」

「走！趕緊去拿！」說著，他就要拽沈峭的袖子。

還是王庭鈞攔住了他拉沈峭袖子的手。「大哥，你這是做什麼？黑盒子在沈兄家又不會跑了，你這麼急切會嚇到沈兄的。」

王庭堅這才注意到自己的失態，可真怪不得他，那個黑盒子對三皇子很重要，否則他也不會親自過來一趟了。

他讓自己冷靜下來，對沈峭說：「沈秀才莫怪，為兄與三殿下相識，他知我祖籍在寶松縣，便託我來此尋人與黑盒子。」

王庭鈞還以為這次回來單純是為了祭祖，沒想到還是他太單純，居然還有這檔事。

「無妨，」沈峭語氣平靜。「既然王兄與三殿下相熟，物歸原主，自然是要交還給殿下的。」

王庭堅這才感覺瀰漫在心頭的黑氣終於消散。「沈秀才大義，為兄定在三殿下面前舉薦沈秀才，這份功勞合該是你的。」

沈峭卻道：「功勞是阿色的。」

王庭堅道：「你們夫婦本是一體，她的不就是你的，何必分得那麼清？」

這夫婦一體的話，沈峭愛聽，就沒有再說。

王庭堅一刻都等不及，親自讓人套了馬車就要到沈家。

沈峭沒有拒絕，畢竟免費的馬車不坐白不坐。

王庭鈞也想跟上，但是被王庭堅拒絕，這件事他還不想讓弟弟參與進來。

王庭鈞自然是不高興的。「就知道讓我溫書，想去鍾毓村逛逛怎麼了？」

已坐上馬車的沈峭，對王庭堅說：「王兄，我的父親還在城裡。」

王庭堅心急，隨手一擺。「我待會兒吩咐人，親自把你父親送回去。三殿下的事比較要緊。」

沈峭聞言，也不好再說什麼，畢竟他也不知道他爹什麼時候能夠辦完事情。但是王庭堅要拿小盒子的事，卻是一秒鐘都不樂意耽擱。

皇宮，養心殿。

魏忠身著飛魚服，腰佩繡春刀，恭敬地跪在地上。

龍椅上端坐著身穿明黃龍袍的天子，他面容平靜，眉間的壓迫卻讓人不敢直視。

魏忠就維持著低頭的動作，靜待皇帝的下一步指令。

終於，皇帝開了口。「叫張素素？」

魏忠畢恭畢敬地回道：「是。那婦人說是在路上撿到公主，正巧自己的女兒早夭，便拿公主當自己的親生女兒養。」

「玉珮是真的？」皇帝又問。

「千真萬確，絕無作假的可能。」

皇帝這才輕抬下手。「起來吧。」

魏忠叩謝起身。

就在這時，福全進來，斟酌地開口。「陛下，貴妃在外求見。」

皇帝靜默了下，像是在思考，隨後回答。「傳。」

貴妃身著黛紫色宮裝，盈盈腰身纖不盈握，嬌媚的臉讓人看不出年紀，與剛進宮時別無二致。

許是這次看見有外人在，她還算規矩地行了個禮，但是剛跪下就被皇帝喚起，還賜了座。

退至一邊的魏忠臉上習以為常，貴妃娘娘十年如一日的寵愛，宮內外有目共睹，除了玉容雪膚外，大約還有其他不為人知的法寶。

坐下後的貴妃瞥了一眼魏忠，隨後看向皇帝，聲音如夜鶯般靈動。「陛下，看見魏忠在，臣妾來得正是時候。」

魏忠聞言，右眼皮不受控制地跳動了下。

記得上次貴妃這麼說，是讓他護送她回娘家，隨後一待就是三日，皇帝召了兩次都沒回來，最後皇帝下了通牒，他又使了點小手段才讓貴妃回宮。

事後，皇后對她的抨擊全部落在他的身上，他被罰俸一年，遭了無妄之災。

不過後來貴妃以他護送用功之名，賞了他兩年的俸銀，家中夫人這才沒有跟他鬧。

之後，他也留意打聽了，原來貴妃違規逗留，只是因為她和陛下鬧彆扭。

真是神仙打架，小鬼遭殃。

就不知，這次貴妃又要起什麼幺蛾子？

正想著，那邊貴妃徐徐開口。「臣妾迫不及待地想要迎回小公主，還望陛下成全。」

魏忠右眼皮跳得更加厲害了，上次出宮三日，皇帝就心急如焚，差點動怒。

這次還要出京去鄉下……想來陛下也是不同意的吧？

果然，陛下的聲音又低又沈。「胡鬧。」

貴妃小孩子心性，立馬嘟嘴不高興。「臣妾才沒有胡鬧，臣妾想見小公主，有什麼錯？臣妾什麼也不求，就求早日見到小公主。」

越說越是委屈，杏眸泛起水霧，眼眶紅了一圈。

魏忠不敢抬頭看上首一眼，恨不得就此隱身才好。

皇帝聽著貴妃逐漸帶哭腔的聲音，又瞧她紅腫未消的眼睛，心突然軟了下來。

十幾年的夫妻情分，當真不是別人可以比擬的。他也始終差她個早就答允她的名分。

況且，他們的小公主，那個一出生就被他抱在懷裡，暗暗發誓要窮盡畢生疼愛的女兒，他難道就不想見一見嗎？

皇帝的語氣硬了三分。「路途遙遠，恐有變故，孤答應過妳會接回，妳安心等著便是。」

陛下威武，魏忠心裡暗自吐出口氣，這差事落在誰的頭上，誰都是倒楣的，他隱隱有股逃過一劫的慶幸。

這時，皇帝的餘光掃了過來，魏忠立馬躬身道：「娘娘，小公主在的地方實在偏遠，況且良州有盜匪作亂，娘娘您如果去，豈不是孤身犯險？」

貴妃杏眸瞪著魏忠，似笑非笑。「難道錦衣衛還怕區區賊匪不成？本宮若有你們相護，又有什麼可怕的？魏忠，你說是吧？」

魏忠不語，心道：陛下，看貴妃這鐵了心的樣子，臣愛莫能助。

皇帝見魏忠敗下陣來，輕斥。「錦衣衛有自己職責，不是給妳當護衛的。」

貴妃聞言，癟了癟嘴巴。「錦衣衛不成，那侍衛總可以吧？臣妾快去快回，絕對不會逗留。」

皇帝剛要開口，貴妃突然站了起來。「若是如此，陛下還不答應，臣妾就長跪不起，跪到陛下答應為止。」

皇帝拒絕的話從喉嚨處嚥了下去，喉結動了動。「妳先回去，孤等一下再找妳相商。」

往往這麼一說，事情就是要成了。

貴妃這才展開笑容，分明眼睛是紅的，卻迸發出明亮的光，璀璨炫目，一笑令六宮失色。「那臣妾就乖乖在宮裡，等著陛下。」

皇帝心頭微熱，揮手讓她離開。

饒是這麼多年，貴妃的顏色如舊，彷彿歲月從未在她臉上留下痕跡，時常有小女兒家的嬌憨模樣。

魏忠恭送貴妃，心道也不是沒有美人走貴妃的路子，怎麼就她盛寵不衰？

皇帝的話將他的思緒拉回。「魏忠，將手頭的事停下，務必安全將貴妃和公主接回。」
說好的不讓錦衣衛大材小用的呢？怎麼貴妃哭一哭，就改變主意了啊？
「孤再派幾個暗衛協助你。」
魏忠心頭一驚。「是。」
說千道萬，終究還是貴妃娘娘最得陛下寵愛。

第二十三章 親吻

王庭堅第一次來到沈峭家裡，早就聽過這鍾毓村是個山清水秀、怡情養性之地。今日一瞧，果然是個好地方，遠離縣城裡的喧囂，讓他急躁的心都安定下來。

下了馬車，清新的泥土香裹著風中不知名的花香，沁人心脾。

王庭堅讚嘆。「也只有如此地界，才能孕育出你這樣的人才。」

沈峭頷首。「王兄謬讚，沈某不過爾爾，只會死讀書罷了。」

「你過謙了，庭鈞跟我提過你的策論，你胸懷大才，對時局政要也有自己獨特的見解，可不是死讀書。等哪日引見三殿下，想必你們定能暢聊開懷，到時候還望沈兄弟不要忘記，帶我那愚笨的弟弟。」

王家就兩兄弟，可見這哥哥待弟弟之心，就如父母般。

沈峭回道：「庭鈞亦有大才，他日同朝為官，既有同窗之誼，必相互扶持。」

不過，沈峭也聽出另外一層意思。

王庭堅似乎想要把他拉到三皇子那條船上？他王家照此情況來看，毋庸置疑是三皇子的人。

至於他，他現在無所傍身，就這麼急於投靠，想必也入不了三皇子的眼。

更何況，誰說他就一定會上三皇子的船？

按下思緒，兩人進了院門。

屋裡的李姝色聽見聲音，走了出來，看見王庭堅的時候，意外之餘，又感覺在情理之中。

這廂，貴妃娘娘回到殿內後，花嬤嬤泡了杯花茶上前。「娘娘，嗓子又啞了，快潤潤喉。」

自從知道小公主的下落後，娘娘的嗓子就沒有好過，眼睛也是。

貴妃接過花茶，喝了口潤喉後，輕輕咳了聲。「要不是為了早日見到小公主，本宮何至於整日以淚洗面？」

花嬤嬤心疼地問：「陛下怎麼說？」

「說是等等再告訴本宮，」貴妃嘴角翹了下。「不過本宮覺得，這事能成。」

「陛下是最疼娘娘的。」花嬤嬤道。

「本宮又如何不知呢。」貴妃聲音淡了下去。「可若不是當初他非要給小公主賜下婚約，小公主也不能……」

花嬤嬤大驚失色地打斷。「娘娘，這話可不能亂說！」說著，上前捏起了貴妃的肩膀。

貴妃的神情這才逐漸放鬆下來。「本宮明白，木秀於林，風必摧之。可是他們不朝本宮下手，偏偏動本宮的小公主！嬤嬤，妳知道本宮有多恨嗎？」

花嬤嬤輕嘆。「奴婢明白，但是娘娘，小不忍則亂大謀。」

見貴妃舒服地閉上了眼，花嬤嬤乘機問：「娘娘，那個張素素當真是小公主？」

貴妃倏地睜開眼，漆黑的眼眸深不見底，輕笑。「是與不是，又有何干？」

花嬤嬤神情一怔。「奴婢不明白。」

貴妃語氣低沈。「本宮的孩兒，自然一眼便能認出。若是，本宮定拚盡此生，保她無虞；若不是，宮裡的流言是時候該停歇了。」

花嬤嬤瞬間了然。

宮裡什麼流言？自然是貴妃無子，卻身居高位，整日只知邀寵媚上，實乃妖妃，妲己轉世。

由此來看，若不是小公主也不要緊，就當個靶子養著，對娘娘大計也有益。

況且，如今宮裡明爭暗鬥，此起彼伏，也不是迎回小公主的好時機。

若是迎回個假的，也是為真的鋪路，到時候等娘娘清理了後宮，再迎回真的也不遲。

畢竟，玉珮都現身了，小公主一定還在世上！

沈峭將小盒子翻找出來，交到王庭堅手裡。

王庭堅再也克制不住激動的心情。「就是這個！沈秀才，你們夫婦二人可謂是立了大功！」

沈峭沒有放在心上，李姝色就更加不會了。

沈峭打著官腔。「巧合而已，冥冥之中，讓阿色撿到，請歸還給殿下吧。」

「為兄定在殿下面前好好為你們請功。」

沈峭卻道：「如此做並不是為了邀功，只是物歸原主罷了。」

王庭堅看重沈峭，又有與之拉近關係的意圖，所以心中早就想好，會為他表上一功。如今黑盒子已經到手，也不多留，便要告辭。

沈峭和李姝色想要留他吃飯，見他去意已決，便沒有多留。

李姝色看著王庭堅離開的馬車，吐出口氣。終於算是了卻了一樁事。

王庭堅走後，家裡就只剩下沈峭和李姝色二人。

李姝色有些好奇，怎麼他一找，正巧就找到了男主角的人？

沈峭答曰兩字，巧合。

李姝色聞言，圓潤杏眸閃爍著幾分興味。「夫君，你好像和三皇子很有緣。」

原著中，他後來扶持的太子，無能自負，還是個草包，的確比其他皇子更容易控制。但奈何，他是男配角，而三皇子是男主角，是今後的天下之主。

所以，李姝色如是說，也是有把沈峭送上男主角那條船的意思。

她記得，看這篇小說的初衷是為了裡面的權謀，以及權力鬥爭下，男女主角之間相互扶持、不離不棄的愛情故事。

總之，這太平盛世下，各方勢力正不安地湧動著，向著那高高在上的位置伸手。

沈峭接二連三地聽到三皇子，這次還是從李姝色口中聽到，她用的「有緣」二字也十分玄乎，讓他不禁看她一眼。「提起緣分，似乎妳和他更有緣。」

李姝色不由得「啊」了一聲。

沈峭彎下身子，絢麗的桃花眼有種讓人讀不透的情緒，他直視她，薄唇微動。「妳不過與他遇到過兩次，他就送妳玉珮，可見妳與他更加有緣。」

李姝色眨巴下眼睛，只覺他話裡有話，然後這話在肚子裡品了三、四個來回，終於品出一絲……醋味來？

如果她沒有猜錯，他這話似乎是在吃醋？

李姝色眉間一挑，忙作勢捂著鼻子說：「哎呀，好大的醋味。」

沈峭臉色僵住，緩緩站直身子，直挺挺的背部有些僵硬，嘴巴卻是不饒人。「什麼醋味，為夫怎麼沒有聞到？」

李姝色暗笑，還說沒有。

上次和王庭鈞吃火鍋的時候，她就感覺他有些不對勁，如今想來，他頻頻擋在她和王庭鈞之間，不是吃醋行為又是什麼？

他這個吃醋，就是悶著，什麼也不說，然後板著一張臉，似乎就在等著她來猜。

剛剛瞬間的福至心靈，她才堪堪破解其中關竅。

李姝色敷衍地附和。「是、是，夫君從不知吃醋為何物。」

沈峭聽她這調侃之語，心中陡然生出股惱意，上前一把攬住她的腰，狠狠地抱在懷裡，咬牙道：「妳覺得我在吃誰的醋？妳和三皇子的？還是，妳和王庭鈞的？」

想到剛剛王庭鈞開口第一句就是問起她，他真恨不得當場撕了他的嘴，如果不是王庭堅在其中斡旋的話。

李姝色被抱了個猝不及防，隨後他的質問鋪天蓋地地砸下來，她還是第一次見到他如此模樣，也還是第一次被人這麼緊緊抱著。

兩頰染上緋紅，紅到了耳朵，李姝色羞赧又有些惱地道：「什麼三皇子，什麼王庭鈞，好端端地，你這是在做什麼？」

他這吃醋吃得毫無章法，怎麼又扯上了自己的同窗？不過是吃過一頓火鍋，並且依靠他這個踏板，她順順利利地賣掉方子罷了。

若說吃三皇子的醋嘛，還有跡可循，畢竟她都收了他的玉珮。

可是，當時她也詢問他的意見了，他是答應的啊。

李姝色這麼一想，感覺自己處處都占理，於是腰杆挺得直直的。「你休要草木皆兵，我與你剛剛說的兩個人，分明什麼事也沒有，你居然這麼誣……唔……」

「誣衊我」三個字還沒有來得及說出口，她的唇就被封住。

以吻封唇，僅僅是兩唇相貼，再也沒有進一步的舉動。
李姝色瞪大了眼睛，卻只看到沈峭緊閉的雙眼，以及他那微微顫抖的睫毛。
所以，怎麼感覺像是她在強吻他？
明明是他堵住了她的嘴巴！
不過，弟弟就是弟弟，什麼經驗也沒有，只有兩唇相貼，再激進的舉動就沒有了。
但是從現代來的李姝色卻是懂的，即使是懂，她也不會真做什麼。
畢竟，十七歲的弟弟啊，她真的下不了手去摧殘，她還謹記一條，那就是高中生不能談戀愛……
正想著，剛開口要說話，這時原本貼著毫無危險意味的唇舌，突然長驅直入，彷彿剛剛的安靜只是場錯覺。
李姝色的手指不由得緊緊抓住他腰間的衣服，步步後退卻根本抵擋不住他的強勢進攻，沒過一會兒，她就因為不會換氣，而頭暈目眩。
她覺得，原本兩人就是啥也不懂，在同個起跑線上。
怎麼他一下子就無師自通，使盡十八般武藝，讓她根本招架不住？
可是，他才十七歲！
李姝色陡然驚醒，雙手撐在他的胸膛上，用盡全力往外一推，打斷你儂我儂力量的拉扯，眼睛根本不敢直視他。「夫……夫君……」

該說什麼？說你還沒有成年，他們這麼做是不對的？呵，這又不是現代，這是古代，而且他們又是夫妻，別談吻了，就是「你中有我，我中有你」的妖精打架，又待如何？

沈峭在她一聲「夫君」中，腦子清醒了些，眼中的慾望也稍稍褪去。

他曾在之前想過，她是騙他也好，不是騙他也好，怎麼都好。

反正她都是他的妻子，他會牢牢抓住她，讓她騙，也要騙他一輩子。

本以為他的思想境界到這裡就可以了，可是這些天接觸到了新的人，也讓他看到她不經意流露出的亮光，惹得其他男人側目。

他雖知道，他們在他的眼皮子底下，並不會有逾矩行為，可是他就是惱怒，乃至於憤怒。

她，像剛出獄那般，眼神只落在他一個人身上不好嗎？

沈峭深吸一口氣，冷氣侵入肺部，裹著不知名的寒意，整顆心茫然且無所適從，手足無措，只想堵住她的嘴。

不想再聽見，她口中喊另外一個男人的名字。

比他更茫然的是李姝色，怎麼突然就失去了初吻？現在，罪魁禍首還一言不發，直愣愣地盯著她瞧。

她也是有委屈無法發洩，他哪怕是吃醋也不能咬她的唇吧？現在她的唇瓣都是麻的，再廝磨下去，肯定得出血。

終於，他沙啞地開口。「妳，到底是誰？」

李姝色恍然從綺麗大夢中驚醒，後背起了一層雞皮疙瘩，所以他確實又在懷疑她，不是嗎？

她心中更加委屈，惱道：「我是李姝色，我還能是誰？」

沈峭緊盯她三秒，隨後又一把抱住她，薄唇抵在她耳邊，呼出的熱氣直鑽進她的耳朵。

「騙子。」

李姝色整個人都僵住了。

腦子中不由得開始閃過各種古代刑罰，什麼上刀山、下火海，什麼火焚，什麼扔進枯井封住，或者什麼扔進棺材，埋進不知名的地方。

所有古代懲治妖孽的方法都想了一遍的時候，她聽見他又開口說了幾個字。

他說：「最好騙我一輩子。」

否則，定不相饒。

貴妃娘娘這一等，就是等到晚上。

花嬤嬤看著晚膳都沒有動幾筷子的貴妃，滿眼心疼地開口道：「娘娘，小公主的事再要緊，也要顧著您自己的身子啊。」

貴妃有些慵懶地撫了撫鬢角，神情倦怠。「嬤嬤，想必陛下今天是不會來了，本宮要湯浴，妳先準備著。」

花嬤嬤揮手讓身側伺候的宮女撤下膳食，應了聲。「是。」

永壽宮內有湯浴池，是其他宮裡沒有的，是陛下對貴妃娘娘的唯一殊寵。

貴妃娘娘肌膚勝雪，宮裝緩緩脫下，纖細的脖頸，精緻的蝴蝶骨，筆直纖長的玉腿，由上往下，身材曲線近乎完美。

兩個伺候的小宮女不敢隨意直視冒犯，拿著換下來的衣服，便躬身退了下去。

貴妃娘娘獨自一人沐浴的時候，不喜歡有外人打擾。

她閉上眼睛，腦海中不由得浮現皇后背地惡毒打壓的嘴臉，浮現陛下無人之時才流露出的繾綣神情，以及她那剛出生不久的小公主容貌。

前兩者都逐漸清晰，後者則逐漸淡去，乃至於連個輪廓都模糊不已。

眼角的淚水墜下一顆。

就在這時，耳邊傳來男人沈厚的聲音。「愛妃真的好雅興，怎麼不叫上孤一起？」

貴妃緩緩睜開眼，看見明黃色身影朝她這邊走來，嬌嗔開口。「臣妾還以為陛下今晚不來了。」

還以為皇后又使計留下他，或者那什麼淑妃又裝病把他誆去，再不濟還有各種貴人、美人，他總歸有去的地方。

皇帝脫下衣服，也進了浴池，水波蕩漾，泛起一圈圈漣漪，他伸手抱住貴妃嬌軟的身子。

眼中泛起情慾，咬著貴妃晶瑩小巧的耳垂以示懲罰，啞聲道：「又在耍小性子，都是孤慣的。」

貴妃攀著他的身子，如菟絲花般，但人比花嬌。「臣妾哪敢恃寵而驕，還害怕陛下一個不高興，就駁了臣妾的請求。」

皇帝抓著她的腰，觸手細膩的皮膚，讓他心中生癢。「想讓孤高興？這還不簡單。」他將貴妃抵在石壁上，身子覆了上去，狎笑。「好好伺候孤，孤就高興。」

聽著裡面的動靜，花嬤嬤和心腹宮女翠珠相視一笑。

翠珠低聲道：「算起來，還是咱們娘娘伺候皇上最多，其他人誰也比不上。」

花嬤嬤道：「這話在我這兒說說便也罷了，可不能出去隨便瞎說。」

「奴婢曉得，還會好好交代其他小宮女不要亂說話。」

花嬤嬤滿意道：「妳們皮都緊著點。對了，好好收拾細軟，娘娘可能要出宮一趟，將平時娘娘用的東西都帶上。」

「是。」

景仁宮。

宮女銀屏走進來，福了福身子，對著身著鳳袍的皇后道：「娘娘，晚膳都涼了，要不奴婢去熱熱？」

皇后聲音平淡。「去熱吧，等一下陛下過來吃涼的不好。」

銀屏的臉上欲言又止。「陛下今晚，大約是不會過來了。」

皇后眼睛如利刃般看過去。「妳說什麼？」

銀屏被看得渾身一抖，緩聲道：「陛下已經在永壽宮歇下了。」

下一秒，「啪」的一聲，玉箸狠狠敲擊瓷碟，皇后的手指輕顫。「賤人！又在糾纏陛下，陛下明明說過會陪本宮用晚膳。」

身旁的吳嬤嬤給了銀屏個眼色，銀屏帶著眾人退下後，她才開口。「娘娘，不就是個以色侍人的女人，您又何必動這麼大的氣？等以後二皇子登基，您還怕沒有來日嗎？」

是啊，來日。

皇后眼眸沈了沈。「嬤嬤聽說過人彘嗎？」

吳嬤嬤後背一涼，開口。「聽過。」

「前朝皇后發明的刑罰，如今本宮想來，恨之入骨的時候，管旁人如何看，只消心裡痛快了就行。」

吳嬤嬤寬慰道：「會有那麼一天的。況且她又沒子嗣傍身，以後如何做還是端看娘娘心意。」

皇后內心的憤怒這才稍稍平息，轉而又問：「聽說，她要去接回那個叫張素素的？」

吳嬤嬤點頭。「是，養心殿傳來的消息。雖然陛下還沒有應允，但是……」

按照今晚的情形，八九不離十了。

皇后嘴角扯出一抹冷笑。「當年那狗東西陽奉陰違，沒有除掉那個孽障，今日就讓她們母女葬在一處吧。」

吳嬤嬤應聲。「是。」

第二十四章　想你

夜晚，李姝色和衣躺在床上，如今天氣漸熱，她還是將自己裹得嚴嚴實實。

不知道沈峭白天發什麼瘋，懷疑她不是李姝色，但也沒下一步動作。若不是當時沈母突然歸家，她定是要好好問一問。

但是現在，卻怎麼也問不出口。

問了，不就有不打自招的嫌疑？

飯點的時候，沈父才回來，憂心忡忡的樣子，好在二老都沒有發現他們之間的異樣，否則她可真要羞死。

她的唇，到現在都還是腫的……

她翻了個身，閉上眼睛，強迫自己睡覺。

剛閉上眼睛，身後突然傳來他的聲音。「冷嗎？」

這套路，她之前好像用過，當時還想要跟他換被子。

李姝色淡聲回道：「不冷。」

他們幾天前，就不睡在同個被窩了。

現在她蓋她的厚被子，都感覺有些熱。可能心裡躁，身子也跟著熱起來吧。

她正想著，沈峭下一句就傳過來。「我有些冷，換被子蓋如何？」
李姝色愣住。天道輪迴，你也有今天！
李姝色心裡暗爽的同時，想到那天他還是替她暖了床。
罷了，她是姊姊，讓著弟弟又有何妨？
她轉過身來，手指扯著被角。「要不，換下？夫君要是受涼就不好了。」
她真覺得，她是天下間最貼心的前妻了！哪有前妻做到她這個分上的？
「好。」他應道。
黑燈瞎火的，雖然是交換被子這種小事，但也不是很順利。
本來，她把自己被子裹成一團，他把他的被子也裹成一團，再一交換，不就成了？
但是他好像不是這麼想的，直接將他的被子蓋在她的被子上面，在她以為他即將抽走她的被子時……
他的身子陡然鑽了進來！
李姝色嚇了一跳，質問還沒出口，腰間收緊，被他狠狠攬住。「為夫覺得，這樣更加暖和。」
這不是暖和不暖和的問題，這都快要熱死了！
半邊身子直接貼上火爐，還是持續不斷發熱的那種，李姝色窩在他的懷裡，仍是不敢動一下。

果然，不是什麼人都是柳下惠！

李姝色欲哭無淚，先前巴不得讓他幫忙暖被窩，如今倒是有種搬起石頭砸了自己腳的感覺。

她臉色通紅地問：「夫君，你當真冷嗎？」

「冷。」他的聲音像是被沙子磨過般。「抱著妳就不冷了。」

李姝色無語。成吧，之前自己拿他當暖床工具，現在反過來了。

為此，他還睜眼說瞎話了。

雖然不是第一次和沈峭貼身睡在一起，但是這次不知為何，她感覺就是不對勁。

之前，僅當他是弟弟，什麼別的想法也沒有。但是如今，特別是經歷過那個吻後，竟感覺哪兒都不對勁。

與她隔衣靠著的不是柳下惠，是貨真價實的男人，還是個有正常慾望的男人。

李姝色有些睡不著，翻來覆去。

突然，她的雙腿被壓制住，他灼熱的呼吸撲在她的半邊臉上。

「娘子若是再動來動去，我們圓房如何？」

李姝色心中一驚。「夫君應該……不著急吧？」

等等，她說什麼蠢話？

若他說著急，她難道還要答應不成？

他眼底深沈的眸色，在這黑夜中幾乎要看不清。「著急又待如何？」

李姝色欲哭無淚。「我……我肚子疼……」

沈峭嘴角勾起，低頭吻了下她的唇，道：「騙妳的，不著急。」

隔壁東廂房。

沈父跟沈母說起縣城發生的事，說完後，有些惱。「張二哥不會不樂意把玉珮還給我們吧？」

「雖然那玉珮成色不錯，他何至於連價都不開，就說不還？」沈母道。

「這倒是怪了，我連贖金都還沒來得及提，他就說給賣了，我怎麼覺得這裡面有隱情？」沈父猜測道。

「能有什麼隱情？不就是一塊玉珮？」沈母問。

「不好說，罷了，明兒個我再去找他問問吧。」沈父有些憂心地道。

第二天一早，福全公公隔著紗簾，輕聲喊道：「陛下，您該起床早朝了。」

皇帝眉間微動，緩緩睜開眼睛。

懷裡的貴妃似乎有些不大樂意，嚶嚀一聲，往他的懷裡又拱了拱。

皇帝見她這嬌媚模樣，忍不住伸手捏了把她的鼻子，笑罵道：「小野貓。」

可不就是跟犯睏的貓兒似的，爪子還很利，旁人侍寢有的都不敢直視他的身子，偏她愛抓愛撓，不高興了還給他臉色。

她向來如此，孩子心性，卻是這宮裡活得最熱忱也是最貼合他心意的人。

皇帝輕手輕腳地下了床，還不忘將貴妃放在被子外面的手臂，給她放進被子裡。

福全立馬吩咐人給皇帝穿衣。

留宿在別的娘娘宮裡，她們都會親自下床服侍皇帝穿衣，偏貴妃不一樣，天大地大，睡覺最大。要是吵醒了貴妃，她可是要發脾氣的。

皇帝漱洗完畢，神清氣爽地出門。

貴妃聽著外面沒了動靜，才慵懶地睜開眼，喚了聲花嬤嬤。

花嬤嬤掀開紗簾，走到她床邊，問：「娘娘，是否起床？」

貴妃捏了把眉心，聲音也是懶懶的。「本宮再睡會兒，妳讓人收拾包袱，收拾得怎麼樣？本宮想明日就啟程。」

「正收拾著，一應要帶的東西，奴婢都盯著呢，娘娘放心。」花嬤嬤道。

貴妃「嗯」了聲。「再過一個時辰叫本宮，本宮離開前，還需要跟皇后報備，真是麻煩……」

花嬤嬤也不知道該怎麼寬慰她，只道一聲。「是。」

李姝色起床的時候，早已日上三竿，沈峭已經溫過一遍書，正和沈父一起劈柴。能夠容忍自家兒媳睡到這個時候才起床的，也是村子裡的獨一份。

但這裡既是她的婆家，又是她的娘家。

李姝色伸了伸懶腰，心中又在盤算著賺錢的事，雖然手頭的銀子已經夠了，但是沒人會嫌棄錢少，錢當然是越多越好。

如今，火鍋已經問世，日後肯定會風靡全國，不僅寶松縣這個縣城，還會流行到京城去。

她抬頭看了看天上的太陽，就這麼直愣愣地看著，順帶放鬆腦子，想想有沒有好的賺錢法子。

這時，沈父看著她仰頭盯了太陽好一會兒，害怕待會兒她眼睛看不清東西，便喊了聲。

「色兒，別盯著太陽看，容易傷眼睛。」

李姝色收回放空的思緒，眨了眨眼睛，向沈家父子二人看去的時候，果然看不清人，只看到一團模糊的影子。「知道了，爹。」

緩了一會兒，眼睛才能逐漸看清他們。當時，她大採購的時候，替全家人買了布料，還訂製了衣服。

沈峭此刻身上穿的就是那時訂製的衣服。

他這個人無論何時何地，後背都挺得很直，宛若松竹。一襲青衣長衫，袖邊繡著同色系的竹葉，腰間同樣束著繡有竹葉的腰帶，整個人看起來挺拔如松。

她記得當時訂做衣服的時候，成衣店的老闆娘還問她要做什麼樣式，她先是比劃了下，老闆娘卻是皺起眉頭沒有理解她的意思。

無奈之下，她只能當場提筆畫下。

當紙張遞給老闆娘的時候，她沒有忽略掉老闆娘眼中閃過的亮光。

李姝色驟然醒悟過來，真是踏破鐵鞋無覓處！

沈峭一把這衣服穿上，她就來了賺錢的靈感。

她看向沈峭的眼神，不由得熱切了幾分。

成衣店還有裁縫鋪裡面的衣服，在她看來，樣式未免太過老套，這也是當時她堅持要訂做衣服的原因。

良州不是富饒之地，所以大多百姓們也不太關注穿著如何，冬天能有衣服禦寒，夏天能有衣服蔽體，也就別無他求。

但是，根據二八定律，哪怕是在良州，也是會有富人的。

富人穿的衣服難道就不會講究嗎？

她在現代擔任集團高級主管之前，做過一段時間的銷售，賣的就是服裝，而且她業績不錯，連續兩、三年都是銷售冠軍。

李姝色覺得，若是手頭沒錢開店打造自己的品牌，先當個服裝設計師，給有名的成衣店提供設計圖，想來也是能賺到銀子。

如今，她用起毛筆來，不像之前生疏，肯定比上次給老闆娘的要好看些。

正這麼規劃著，沈峭朝她走過來，瞧她想東西想出了神，便問：「在想什麼？」

李姝色脫口。「想你……」

沈峭震驚。

李姝色續道：「穿的衣服。」

沈峭無語。

他竟不知，她竟是個磨人心的。

李姝色繼續說：「夫君，你穿這身衣服真好看！公子只應見畫，此中我獨知津。」

她的聲音清脆，雖然只是單純的誇讚，但落在他的耳中，字字珠璣，說不出的好聽。

沈峭心情不錯地彎了唇。

李姝色一來覺得他是真生得不錯，二來他又給自己帶來賺錢的靈感，所以誇獎一番又何妨？

沈父是樂見他們如此和諧，笑呵呵地看著，心道年輕就是好，當年他和沈母也是如此恩愛。

不過，一看到色兒，就想到她的玉珮。

沈父、沈母這輩子沒做過什麼虧心事，可唯獨這件事在心裡記到現在。

沈父劈掉手中的柴，丟下斧子，抬腳往外走去。

李姝色看見沈父離開，納悶道：「怎麼感覺爹跟娘這幾天有心事的樣子？」

沈峭作為人子，也察覺到了。「等一下飯間，問一問吧。」

李姝色贊同地點頭。「嗯。」

第二十五章　信為夫

永壽宮。

皇帝走了好一會兒，貴妃才慢騰騰地坐起身子，俏臉一掃早上的慵懶，有了精氣神。

晨昏定省是後宮女人每天必做的事，也是中宮皇后把持後宮的重要途徑和象徵。

貴妃漱洗完畢後，才吩咐人準備轎輦去景仁宮。

她到的時候，宮裡的大多姊妹都到了。

左右坐了兩排，環肥燕瘦，爭奇鬥豔，齊齊向她看來，臉上皆流露暗色。

昨天陛下又宿在永壽宮，貴妃瞧著容光煥發，難道真是妲己轉世不成？

不過，心中再怎麼嘀咕，面上還是要恭恭敬敬地朝她行禮。

貴妃向皇后行了禮後，對左右的姊妹道：「都平身吧，本宮今日可來晚了？」

雖然她來得晚，但不是一般人，還真不敢觸她霉頭。

上座的皇后給淑妃使了個眼色，資歷老又有皇后撐腰的淑妃首先發難道：「貴妃姊姊，所謂晨昏定省講究的就是心誠，妳每次都最晚到，可見對皇后娘娘是心不誠，言不敬。」

貴妃的眼神若有還無地瞥過她，嬌笑一聲。「昨日陛下留宿，今早又特地掖著本宮被角，把本宮的手臂放進被窩裡，交代本宮要好好休息。」

隨後，看向皇后，慢悠悠地道：「因此才起晚了些，皇后娘娘應該不介意吧？」

皇后聞言，心裡嘔血，越是不滿，臉上卻越是要笑得大度。

真該讓陛下好好瞧瞧她這副目空一切的樣子！看陛下還能不能說出她雖嬌氣卻安守本分的話！

皇后面皮幾乎要笑僵了。「大家都是姊妹，何必計較這個？還是貴妃得聖心，昨兒個陛下翻的不是妳的牌子吧？」

此話一出，虞美人臉上有些掛不住，暗地裡將指甲摳進了掌心。

本來陛下昨晚陪皇后娘娘用過晚膳後，要來她宮裡的，奈何貴妃使計，讓陛下既沒去皇后宮裡，也沒來她宮裡。

焉能讓她不氣？

貴妃撫了撫鬢角，沒有答話，反正怎麼說，都會得罪人。

眾妃聊完，皇后金口一開散場。

原本走在第一位的貴妃卻留下來，皇后打起精神應付她。「妹妹，可是有事？」

貴妃不繞彎子，直接道：「良州疑似發現小公主的下落，妾身明日便親自出宮去尋，陛下已經答應了。」

重點在最後一句話。

皇后臉上表情不變，又問：「小公主有下落了？這麼大的事怎麼也不和本宮說一聲？」

貴妃似笑非笑。「沒影子的事，也不好叨擾您。」

皇后嘴角上揚。「那就恭喜妹妹了，妹妹此去路途遙遠，還望好好保重身子。」

貴妃應道：「陛下也撥了人護送妾身，娘娘放心。」

說完，貴妃便起身離開了。

皇后身旁近身伺候的吳嬤嬤開口道：「娘娘，是不是要準備起來了？」

眾妃已退，皇后再也不掩飾眼中的凶光。「連同那個孽障，一併除掉。」

吳嬤嬤勸道：「只是個公主，想來對娘娘大業也無礙，若是貿然除去，反倒惹人懷疑。」

皇后卻冷哼。「嬤嬤，難道忘了，當年陛下金口玉言賜下的婚姻？她若活著，本宮的公主又該如何自處？」

吳嬤嬤驟然反應過來的樣子。「娘娘深思熟慮，是奴婢目光狹隘了。」

皇后抿下唇角，不置可否。

午飯的時候，沈父才有些垂頭喪氣地回來。

如今沈母手裡有錢，做飯菜也變得闊氣起來，逢年過節才出現的魚肉，現在幾乎頓頓都會有。

沈母筷子一動，將肉放進李姝色碗裡，眼睛笑咪咪的。「色兒，妳多吃些，身子還是太單薄了，以後生孩子容易受罪。」

啊？

李姝色聽得一愣，隨後反應過來，差點被嗆住，重重地咳嗽兩聲，臉色脹得通紅。

孩……孩子？

她驟然明白過來，昨天沈母回家，差點撞見他們時，她那眼神分明是了然且樂見其成啊！

抬眸對上一雙含笑的桃花眼，李姝色羞赧地瞪他一眼。

看你幹的好事！

沈峭知道她臉皮薄，便開口道：「娘，孩子的事，我們都不急。」

沈母雖然心急抱孫子，但還是尊重他們的意願。「娘也不是在催你們，只是色兒還小，你可要多疼愛她。」

娘，您多慮了，我們都還沒有圓房呢。

沈峭帶著含笑的眼眸。「是，娘。」

李姝色見話題一直圍繞在這件事上，便有心轉移話題，看向沈父問：「爹，您這幾天有心事嗎？看起來悶悶不樂的。」

她開了個頭，沈峭也接著道：「爹，我們是一家人，您有事儘管開口。」

沈父看了眼沈峭，又看了眼李姝色，最終重重嘆口氣。「罷了，等時機成熟，再與你們說吧。」

沈母知道老伴的心思，打圓場道：「你爹沒事，快吃飯吧。」

李姝色和沈峭對視一眼，頓時瞭解彼此心中所想。

爹娘一定有事瞞著他們！

飯後，沈母拉著沈父，避開沈峭夫婦，問老伴。「怎麼樣啊？張二哥怎麼說？」

沈父臉色脹得通紅。「一說回去找，找不到後，二說拿去縣城賣了，如今再問，三說是不小心砸了，這麼多年過去，碎片早就沒了。」

「砸了？」沈母一臉難以置信。「不可能，那玉珮怎麼會如此輕易砸了？」

沈父也惱道：「追了這麼多天都沒有結果，我還沒惱，他倒惱了，怪我抓著玉珮的事不放，還拿我們兩家多年的交情說事，反正就是碎了，沒了，不可能再找到了！」

沈母瞠目。「哪有這樣的，怎麼顛三倒四的？若一開始說砸了，我們也不至於苦苦相求，這麼多天過去才說沒了，這不是糊弄人嘛！」

沈父語氣沈沈。「我懷疑，這玉珮還在他們手裡，只不過他不樂意還給我們。」

沈母急了。「那可怎麼辦？我們怎麼跟色兒交代啊？」

沈父咬牙。「我繼續磨他，他一天不給，就磨一天，我就不信，他能躲我一輩子！」

李姝色是個說幹就幹的性子，既已想到賺錢的法子，就立馬行動起來。

沈峭在溫書的時候，她就在旁執筆繪畫。

而就在她的眼神不知多少次瞟過去的時候，他終於有了反應，擱下手中的書，身子往她那邊探去。

他的動作來得突然，李姝色猝不及防，慌忙地用手蓋住白紙，不想讓他看見上面的東西。

但是已經晚了，沈峭已經看見了。

打心底接受她的皮囊下換了個人後，沈峭對她種種怪異的舉動已經見怪不怪，比如現在，他竟不知她居然還有畫畫的天賦。

還是一種他從未見過的風格。

用最簡單的線條勾勒出輪廓，再用顏色深淺產生視覺效果，別出心裁卻又栩栩如生。

他挑眉。「娘子，妳在畫我？」

李姝色的臉不受控制地紅了。「算吧。」

她只是拿他當模特兒而已。

別看沈峭一副瘦弱書生模樣，其實是穿衣顯瘦、脫衣有肉型。他在讀書之餘，也會注意鍛鍊身體，時常幫沈父劈柴，也會幫沈母挑水。

兩個人也在一起睡了這麼多天，隔著單薄的衣服，她都能感受到他腹部肌肉的紋理，以及健壯的身材。

況且，她隨手畫的樣式穿在他身上都是這樣的好看，說明他也有當模特兒的潛質。

沈峭的身子湊得更加近了些，眼睛瞇了瞇。「什麼叫算吧？難道是娘子被揭穿，羞於承認？」

李姝色聞言，就不得不反駁了。「夫君樣貌好，身材好，正好給我當模特兒。」

而且，他看書的時候，只有眼神隨著指尖而動，基本上不受周遭環境的影響，是她觸手可得、最貼合她心意的模特兒。

「模特兒？」沈峭不太明白她嘴巴裡蹦出來的新詞。

李姝色打著哈哈。「我在設計衣服的款式，按照你的樣子來設計，你作為我的參照物，就相當於是我的模特兒。」

沈峭聽明白了，他今天特地將上次她為他訂做的衣服翻出來穿上，也是在傳達一個訊息。

那就是，他在意她。

沒想到，這居然激起她再次想為他訂做衣服的心思。

沈峭輕咳一聲。「為夫喜歡顏色淡雅的衣服，妳現在設計的這套有些過於豔麗了。」

李姝色愣了一會兒，隨即反應過來。他誤會了，誤會她要再次為他訂做衣服。

李姝色老實道：「這是為特定人群設計的，夫君不喜歡，但是有人會喜歡。」

正所謂，蘿蔔青菜各有所愛，他不喜歡顏色濃豔，不代表別人不喜歡。

而且，她現在有靈感，想要設計男裝，才拿他當模特兒。說不定過兩天，對女裝更有靈感，就拿她自己當模特兒了。

畢竟，她很滿意現在這張臉，也滿意現在的身材，除了胸還沒有發育完全外。

沈峭聽了她的話，皺起眉頭，這個「有人」是指什麼人？什麼人有這麼大的面子，讓他的妻子為他設計衣服？

內心的那股不安躁動又往上湧，幾個男人的名字在他腦海裡一一閃過，臉色越來越黑，重重哼出聲。「原來，娘子畫著我的臉，心裡卻是在惦記別人。」

李姝色心驚。

沈峭又道：「就是不知，娘子有幾顆心，又能惦記幾個人？」

李姝色心道，他這是在陰陽怪氣吧？不就是設計一套衣服，說得好似她下一秒就會出軌，這醋味也太大了吧？

她撇撇嘴，毫不隱瞞地道：「夫君誤會了，我設計衣服，只為賺錢。這設計圖是要賣給店家的，不是免費為某個人設計的。」

沈峭多聰明的一個人，自然聽出了她話裡的意思，也明白過來自己誤會了。

不知為何，他竟變得患得患失起來，他越來越眷戀她落在他身上的眼神，以及她對他的額外照顧。

只要她飯間多挾一塊肉給他，只要她多叮囑他看書仔細眼睛，只要她事事關注自己，他就開心不已。

也許是習慣了她的這種優待，所以當她對其他男人釋出善意的時候，他就會暗自不爽。溫柔鄉，陷進去容易，醉生夢死，再想出來可就難了。

沈峭的心思轉了九曲十八彎，面上卻是如常。「上次賣方子的錢不是還有？」

「是有，」李姝色毫無顧忌地說：「可誰又會嫌銀子多呢？」

況且，她得多賺點銀子傍身，什麼都不可靠，只有銀子最可靠。

哪怕現在，沈峭似乎喜歡上了她。

但是，誰又能保證這種喜歡能夠維持到何時？

等以後高中狀元，他還會把她這個糟糠妻放在眼裡嗎？再面對尚公主的誘惑，榮華富貴盡在眼前，他如何能拒絕呢？

李姝色為自己的前途不無擔憂，準確地說，她就沒有把寶押在他身上！

沈峭的桃花眼細看她一眼，心頭沒由來得有些堵。「不是說要當大官夫人嗎？大官夫人，可不會為錢擔憂。」

如此為銀子憂愁，她是覺得他以後當不上大官，還是說覺得即使他當了大官，也不會讓她有大官夫人的體面？

李姝色卻笑道：「等當了大官夫人，可能就會有別的憂愁吧。可眼下，我心思狹隘，就只為銀子憂愁。」

沈峭陡然變得認真起來，定定地看著她，語氣鄭重地說：「為夫不會忘記自己的諾言，必定讓妳當大官夫人。並且，在自己能力範圍內，保妳一生無憂。」

也不知道是他說得太認真，還是他的眼睛太過深情，李姝色的心不受控制地狠狠跳動了下。

就在這時，他又加了一句——

「信為夫。」

李姝色不知道那句話算不算告白，她感覺那甚至是比告白更重的承諾。

他說信他，她的心在急劇拉扯。

一方面，信吧，貌似也沒什麼大不了，哪怕是他一時腦熱，她也沒什麼輸不起的；另一方面，不信吧，她的確能找出很多理由。少年的承諾如鏡花水月，等以後，誰又能記住今日所言？

其次，他當真對她放下所有心結？當初「她」可是跟人私奔，還砸傷他了啊。

這件事，他到現在提都沒提過，是忘記了，還是刻意不提？

最後，就是他的心頭所愛，是那高高在上的公主。

她想像不了，他見到公主後，會如何待她？

所以，李姝色就靜靜地回看他，沒有說話。

沈峭似是看出她眼底的掙扎，不強求地道：「不信也沒關係，我會證明的。」

李姝色頭一次產生想要違背理性，脫口而出「我信」兩個字。

但是，就要從喉嚨蹦出的時候，她又硬生生地嚥了下去。

誠如他所說，他會證明給她看，她等著看便是。

不過，李姝色也是頭一次嚐到情愛的滋味，對象居然是個「弟弟」，這讓她感到有些不可思議。

她動了動唇。「好，我等著夫君。」

等你證明給我看。

第二十六章　貴人來

隔壁張二叔家。

一家六口人圍著桌子坐下，屋門緊閉，氣氛凝重，相互對望，誰也沒有開口說話。

終於，張父開了口。「大寶、二寶、三寶，想必家裡的事你們有所察覺，我也就不瞞你們了。」

張素素的三個哥哥相互對看，滿頭霧水。

張父輕咳一聲。「你們聽好了，素素不是你們的妹妹。」

三人幾乎異口同聲。「什麼？」

張大寶道：「素素怎麼會不是妹妹？那她是誰？」

張二寶道：「是啊，爹，你這話是什麼意思？難道娘在外面……」

張母一巴掌就拍在他的腦袋上，怒道：「小兔崽子，你在胡說什麼？」

張三寶拉住張母。「娘，妳先別激動。」隨後，看向張父。「爹，這其中是不是有什麼誤會？」

大寶沈穩，二寶直率，三寶玲瓏心腸。

張父重重咳嗽一聲。「我的意思是，她不是我張家的孩子，而是當今天子流落在外的公主！」
三人再次異口同聲。「啥？」
張母揚聲。「啥什麼啥？素素怎麼就不能是公主了？說不定過幾天宮裡就來人接她，你們呀，也跟著沾她的光，能去京城也不一定！」
張母畫的大餅太過美好，美好到三個寶此刻什麼心思都沒有，恨不得插上一雙翅膀，現在就飛去京城才好。
張三寶率先開口。「爹，娘，這到底怎麼回事？你們先跟我們透個底，總不能我們當兒子的也蒙在鼓裡吧？」
張父、張母和張素素一直憋著沒有說，就害怕此事走漏了風聲。
如今有人傳來消息，說宮裡即將派人來接張素素，近乎塵埃落定，他們才向三個兒子坦白。
更重要的是，他們得說法一致，這樣才不會讓人抓住把柄。
況且，這誘惑實在是夠大，那可是京城啊！
貴妃娘娘此去良州鄉下尋女，陣仗很低調，但是再低調，也抵不住陛下重視，除了錦衣衛外，又著意添了好幾個隨行侍衛。
在出發之前，有個人有要事求見貴妃。貴妃聽見名字，便讓花嬤嬤傳人進來。

來人正是當初被沈父、張二叔救下的男人，他是福全公公義子，年少時就被指派隨侍小公主。

當年，小公主還在貴妃肚子裡，面對一眾小太監、小宮女，貴妃一眼就挑中了他。無他，她是喜歡漂亮事物的人，就數眼前這孩子最好看。

而且這孩子也爭氣，被福全調教過後，禮數周全不說，武藝也更加精湛。

行完禮後，貴妃讓他平身，上下打量著他問：「身體可養好了？」

當時回宮的時候，連夜發了高燒，若不是自身身體素質好，太醫說可能挺不過來。

「謝娘娘關心，奴才身子已然大好。聽聞娘娘即將出宮尋回小公主，奴才斗膽，想要跟著一起去。」

若說這宮裡，論誰也想要小公主回歸，那必是遙祝無疑了。

他五歲時就被貴妃挑中，近身伺候她肚子裡的小主子。

那個時候，他就盼啊盼，終於等到貴妃臨盆，生下小公主。

所有人都圍著小公主，由於他身分卑微，只能站在包圍圈外，遠遠地看上一眼。

只一眼，就被小公主吸引住，此後的十幾年，念念不忘。

貴妃見他如此心誠，本就是自己為小公主挑選的人，便開口道：「本宮許你一起去，能夠找回小公主，你功不可沒。」

遙祝面上一喜。「多謝娘娘。」

說來也巧，他自懂事以來，一直在追查小公主的下落，就在前不久得知消息，小公主當年沒有被刺客殺害，幾經輾轉，流落到了嶼君山。

他向義父報備後，就動身出發，哪知一到嶼君山，就碰到了兩方惡戰。本不想參與，但見被圍住的男子有些眼熟，是三皇子的人，猶豫之下便提劍相助。

哪知那些黑衣人太過厲害，他也是九死一生。

好在，他有幸被村民救助，或許冥冥之中自有天意，讓他竟在恩人家看到玉珮，也讓他碰到了小公主。

即使滿身是傷，倒也不虧。

與此同時，一品鮮。

李琸睿得到消息，立馬現身，且攔住要行禮的王庭堅，語氣急切。「盒子呢？」

王庭堅將手中的盒子奉上，臉上有股釋然的快慰。「幸不辱命。」

李琸睿接過盒子後，面上一鬆，丹鳳眼發出光彩。「庭堅，好樣的，本王要給你記一功。」

王庭堅卻不敢居功。「說來也巧，我也是無意碰見撿到這盒子的人，說要論功，也應給他。」

「哦？」李琸睿收起小盒子，心裡的石頭落地，便來了興趣。

「撿到盒子的，正是我那日指給殿下看的沈秀才夫婦二人。」王庭堅道。

李琸睿面露驚訝。「竟是他們？」

王庭堅便將事情的來龍去脈跟他說了一遍，李琸睿聽到自己忠心的護衛死去時，心中痛惜，而後又聽到是李姝色收到他的小盒子時，嘴角噙著不知名的笑。

「看來我與那位沈秀才的娘子很有緣。」

王庭堅面露驚訝。「您認識李姝色？」

「認識，她心懷善念，看我淋雨可憐，還贈與我一把傘呢。」李琸睿似回憶地道。

王庭堅不知道此中緣由，沒想到沈家夫婦早已入了殿下的眼，道一句。「沈秀才與弟弟庭鈞乃是同窗，想來也是緣分使然，才在他與弟弟閒聊這件事時，讓我正好在場，才能找回盒子。」

李琸睿卻笑。「當真是閒聊嗎？」

王庭堅訕訕沒有答話，現在想來，是沈峭有意提起也說不定。

不過，他怎麼知道他認識睿王的？可能也是在碰運氣？

李琸睿摸了摸袖口的小盒子，揚唇。「本王可算跟菁眉有個交代了！」

王庭堅了然地跟著笑了。

菁眉是誰？當然是大魏第一女將葉菁眉！

這位女將軍可是一位傳奇人物，她的事蹟真論起來，三天三夜也說不完。在此暫且不表。

不過，瞧王爺現在將她放在心頭的樣子，誰又能想到他們之前可是一見面就會打架，恨不得打敗對方，咬牙切齒的樣子？

佛曰，不可說。

不可說。

又過了十日，李姝色畫了幾張自己還算滿意的設計圖，想著哪日拿到縣城裡去碰碰運氣。

他們夫妻二人，整日窩在房間裡也不出來，靜悄悄地不知道在幹什麼。

沈母有回好奇，喊他們吃飯的時候，悄悄地看過裡面一眼。

看書的看書，繪畫的繪畫，兩不相干，卻又異常和諧。

這一直是沈母希望看到的，她以前不求李姝色能當什麼賢內助，只求她不干擾峭兒，她就心滿意足了。

但是現在，色兒做的已經遠超她的希望，她和老伴亦不能讓色兒失望才是。

李姝色這廂剛把設計圖收好，就聽到外面有陣吵鬧聲，連投入看書的沈峭都被干擾到。

人總是愛看八卦的，李姝色好奇地往外走，邊走邊道：「夫君，我出去看看出了何事。」

剛打開院門，李姝色就看到匆匆忙忙走過的張秀秀，喊住她問：「出什麼事了？」

張秀秀神秘兮兮地拉著她的袖子，想要拉她一起去。「走，去看熱鬧。」

李姝色忙問道：「什麼熱鬧？」

張秀秀也不回答，就一個勁兒地拉她去看。「妳去了就知道了。」

李姝色收回袖子，對她道：「我先跟我夫君說一聲，等一下與妳一道去。」

李姝色與沈峭說了聲後，便出門跟著張秀秀的步伐走。

朝著熟悉的方向走，李姝色忍不住開口。「是張素素的熱鬧？」

行至半路，張秀秀道：「是啊，這輩子都沒有遇過這麼稀奇的事！」

什麼稀奇事？

李姝色想到自己那天的猜測，難不成是宮裡派人來接回張素素了？

難道，她那天猜測是真的？張素素真的是公主！

也不知道，她的封號是什麼，原著中沈峭後來娶的公主封號乃是昭素。

等等，素？

該不會，張素素真的是女配角吧？

李姝色原本還抱持僥倖心態，想著她與公主素不相識，往日無怨、近日無仇的，哪怕她想嫁給沈峭，她讓位便是。

可如果那個公主是張素素，就是另外一回事了！

她即使想躲開，想讓位，也得看人家肯不肯放過她啊！

李姝色加快腳步，急於去求證。

張秀秀快要趕不上她的步伐，暗道一聲。「走這麼快做什麼？」

果然是天生的對手。

但是往後啊，一個是天上的鳳，一個是地上的泥，雲泥之別，李姝色就再也高傲不起來了！

當高頭大馬緩緩駛進鍾毓村，全村都轟動了。

噠噠馬蹄踏地聲由遠及近，先是四個穿著交領窄袖、腰佩寶劍的侍衛開路。

身形精瘦的兩匹白馬並駕齊驅，打個響鼻，頭顱昂起，拉著一座造型精美的馬車。

那馬車車廂四周均由精美的絲綢包裹，車頂鑲嵌明珠，日光一照，熠熠生輝。

左右皆有奴婢隨行，穿著同樣的紗衣長衫，模樣出挑，更讓人想知道車廂裡的人該是什麼樣的絕色容顏。

村民們好奇的腳步跟著馬車大隊停在張二叔家門前。

其中一男子下了馬車，朝著車廂裡的人恭恭敬敬地道：「娘娘，到了。」

娘娘？

村民們眼中紛紛露出驚色，莫不是京城皇宮裡的人？

視。

車簾被人掀開，露出一張仙子般的臉，美目流盼，眼中隱隱流露威嚴之光，讓人不敢直

貴妃的眼神掠過張家簡陋的門楣，隨後落在他身上，問：「遙祝，是這家？」

遙祝點頭應道：「是，娘娘。」

他伸手，將千尊萬貴的貴妃扶下馬車。

她那精緻蜀錦鞋一踩在隨時會揚灰的地面上，有村民開始肉疼起來，這鞋與這裡實在太不相配了！

這時，屋裡的人似乎也聽到動靜，一行六人小跑著出來，張二叔率先打開院門。

六人臉上皆面露驚色，無措的眼神看向唯一認識的遙祝。

遙祝道：「這位便是當今貴妃。」

貴妃娘娘！這可了不得，貴妃娘娘居然來到他們小村莊了！

張二叔忙攙妻兒跪下請安。

貴妃直接走向張素素，將她從地上拉起來，伸出素白的手指，從張素素臉龐滑過，喃喃出聲。「素素，妳是素素？」

張素素聞著貴妃身上的清香，抬眸就看見一雙熟悉的眼，這樣精緻的眉目，她在另一個人的臉上也看到過，按捺住心中思緒，她開口道：「民女，正是張素素。」

花嬤嬤的眼神也使勁往張素素的臉上瞧，好似要把她看出花來，心中湧起說不出的感

覺，只襲得娘娘的美貌三分，實在有些可惜。

貴妃不著痕跡地掩飾住眼底閃過的失望，繼而紅著眼眶，哽咽道：「素素，本宮的好女兒，本宮可算是見到妳了！」

張二叔一家心中頓時放鬆，前些日子，張二叔決定與兒子們攤牌的時候，就有人傳消息給他，說公主的生母貴妃娘娘即將前來尋女，還讓他小心應對，不要露出馬腳。

他那時還有些不服氣地懟了句。「什麼馬腳？素素就是公主，宮裡若是不派人來接，我張家養個女兒也還是養得起的！」

那人全身被黑衣包裹，只露出眼睛，那雙眼睛細長且陰沈，猶如潛伏的毒蛇，他低低一笑。「但願如此。」

張二叔卻不知那時，自己已經在生死邊緣轉了一圈。

張素素聽到貴妃這麼說，比起貴妃還算隱忍的話頭，她直接一把抱住貴妃的身子，大喊哭出聲。「娘！原來您是素素的娘啊！」

這母女認親的場景，真是聞著傷心、見者落淚。

張二嬸子的臉色有些難看，雖然已經打定主意，一人得道、雞犬升天。可是自己辛辛苦苦懷胎十月生下的孩子，現在居然認別人為娘，她心裡到底是不痛快，手指緊緊掐著張二叔的手臂。

張二叔被掐得差點痛呼出聲，硬生生忍住了，不善地看二嬸子一眼，暗含警告。

妳這婆娘，可千萬不要在這關鍵時刻出紕漏！

張二叔也跟著紅著眼眶上前道：「貴妃娘娘，您遠道而來，必定舟車勞頓，若是不嫌棄寒舍逼仄狹小，您和素素先進來說話吧。」

貴妃輕輕推開張素素的身體，吩咐一聲。「花嬤嬤，將本宮帶的禮物拿進來。」

其實貴妃年少時也有過困苦時期，那時她被繼母構陷，惹得父親不喜，被外放到鄉下的村子靜心思過，直至五年後及笄進宮選秀，才被接回家裡。

那五年，她也吃過不少苦，所以甫一進去張家，臉上並沒有流露出嫌棄之色，這讓張家紛紛鬆口氣，覺得娘娘是個極溫和的人。

進屋後，外面的嘈雜聲就小了些。

張二叔作為張家的當家人，當仁不讓地開口。「貴妃娘娘，小人給您看看，當時我家婆娘撿到素素時，她身上戴著的玉珮。」

隨後，使了個眼色給張二嬸，張二嬸立馬會意地將玉珮拿出來。

第二十七章　母女見

李姝色到的時候，只看見馬車與隨行的一大堆護衛與侍女，並沒有看見周圍村民紛紛議論的貴妃娘娘。

她一聽貴妃二字，心中的石頭也落定了。

是了，昭素就是張素素，因為昭素本是貴妃的女兒，所有線索都對上了。

她臉色說不上好看，惹得想要伸頭進去看熱鬧的張秀秀瞥她一眼。「哎呀，門口被兩個門神堵著，什麼也看不見！」

這時，李姝色耳邊傳來一道熟悉的聲音。「色兒，妳也來了。」

李姝色循聲看去，正是沈父、沈母，他們老倆口來得早，熱鬧都已經看過一輪了。

畢竟，愛看熱鬧是人們的天性，況且還是這麼大的熱鬧。

只有一心讀書的沈峭不感興趣，村裡其他人都過來看了，據說馬車進村的時候動靜很大。

她走過去，問沈父、沈母。「爹娘，我來得晚，聽說是宮裡的貴妃娘娘來尋女，尋的正是張素素？」

沈母帶著說不清、道不明的臉色點了點頭。「是啊。」

她記得當年張二嬸子回村的時候，手裡確實抱著個女嬰，因著是女兒，所以沒有像生三個兒子那般聲張，她那時還特地過來看坐月子的二嬸子，還送了一筐雞蛋呢。

可是，她懷裡紅撲撲的新生兒怎麼就變成撿來的公主？這其中的彎彎繞繞，讓她想破了腦袋也想不明白。

然而，沈父卻也是用意味不明的眼神看著李姝色。

他剛剛看見貴妃容貌，怎麼越看越覺得他家色兒與貴妃長得像？這個想法，讓他心驚肉跳，但沒有證據的猜測，他誰也不敢說。

沈父生了一顆聰明的腦袋，但是奈何同時長了顆猶豫不決的心，這兩廂一結合，有些時候，的確不是一件好事。

李姝色聞言，心中重重嘆口氣。

罷了，張素素不是要回京城了？想來以後，山高水長，她也不至於特地跑來這裡對她下手。

她只要一輩子不與她碰頭便是。

這麼安慰著自己，李姝色的心情突然就不焦慮了。

李姝色跟著村民們等了小半天，也沒見裡面的人出來，看兩個門神也實在沒有什麼看頭，便產生想要回去的心思。

然而，剛要跟沈父、沈母說，突然裡面傳來動靜，一名男子率先走出來。

沈父看著他，終於反應過來地喊道：「是他？」
李姝色好奇。「爹，怎麼了？」
沈父回答道：「是當時被我和張二哥在嶼君山救下的人。」
沈父剛剛見到人，也沒有把人給認出來，畢竟當初渾身是傷，臉上血漬、污漬糊成一團，他真沒怎麼注意他的臉。
這第二眼，才把人跟臉對上。
李姝色好奇地看過去，只見那人長著極好看的一張臉，用些詞來形容就是男生女相，唇紅齒白，眉眼清秀，雌雄莫辨。
又想到沈峭對她說過「他是個太監」的話。
李姝色打心底覺得，可真是個好看的太監。
遙祝習武，感受到別人的視線，立馬回望過去。
在人群中，突然就看到李姝色的臉，不知為何，心頭震了下。
這種感覺沒由來，他沒放在心上，只當是在這小村子看見一個比公主還漂亮的人，有些不可思議吧。
但無論如何，公主在他心上，永遠都是獨一無二的。
李姝色想得比沈父更深一層，好端端地這麼多年都沒人知道的公主，怎麼就突然找到了？大約是眼前這個男人在張二叔家養傷的時候，發現了蛛絲馬跡，這才察覺張素素是公主。

要不怎麼說，好人有好報，無巧不成書。

正是沈父和張二叔好心救了人，這才讓張素素的公主身分被人發現。

這段是原著裡沒有的，原著昭素一出場就是仗著貴妃與皇帝寵愛，囂張跋扈、不可一世的樣子。總之，每回給男女主角使絆子的時候，所有讀者都恨得牙癢癢，恨不得穿進書裡捶死她才好！

如今，她真穿書了，讓她拿個榔頭捶死張素素，她還真不行。

畢竟，一來人家是公主，這麼多人守著，二來，殺人也犯法。那些評論也是過過嘴癮罷了。

不過話又說回來，張素素怎麼就長成原著那副老謀深算的樣子？

若不是事實明明白白地擺在她眼前，若之前有人跟她說，張素素就是公主，她大抵是不會信的。

因為，張素素不像是那樣的人。

但若說她受以後的沈峭影響？那也不能夠，畢竟她還未嫁給沈峭前，就已經變成那樣了。

難不成是被人給奪舍了？

李姝色正這麼想著，裡面又出來一行人。

她的目光瞬間被走在前頭的美人給吸引過去，眼睛瞪得圓圓的。

她是個顏控，不管多大年紀，只要長得好看，她都喜歡看。

美人穿得比旁人都高貴，頭上的珠釵精美無比，一舉一動無不透著矜貴，定是貴妃娘娘無疑。

原著中也提到過這位受盡寵愛的貴妃娘娘，李姝色讀來感覺，若女主葉菁眉拿的是大女主劇本，是「心中無男人，出劍自然神」，是「輕情愛，重社稷」，那麼貴妃拿的就是爽文劇本。

書中記載，貴妃雪膚烏髮，容貌一等一的出挑，宮中女子無出其右。年少時被其繼母陷害，被生父打發去鄉下莊子。後遇選秀，其美貌之名傳入其父耳中，便著人接回。府中所有人見之，皆驚，世間竟有此容貌乎！進宮後，短短兩年，從小小的美人爬至貴妃，後宮皆憤然，但奈何她將陛下迷得神志不清，用盡手段，非但沒有把她扳倒，反而使其更惹得陛下憐愛。

總之，宮內人見她，無不言其紅顏禍水，妲己轉世。

美人長得好看，又是宮鬥一把手，毫無背景，卻鬥倒了外戚強大、有兒有女且如日中天的皇后。

真乃宮鬥爽文的教科書。

貴妃感受到強烈的視線，還以為是哪個登徒子竟然敢如此看她，待不高興地抬眸望去，瞬間愣在原地。正應對著張家人一同要去京城的話，突然就止住了話頭。

花嬤嬤好奇地隨著她的目光看去，同樣瞪圓了眼睛。

她這是看到了誰？青天白日的，她居然看到了縮小版的貴妃娘娘！

李姝色的眼神隔著人群與貴妃的眼神對上，越看越覺得心中有說不出的熟悉，好似她那雙眼睛在哪裡看到過。

但就是太熟悉了，以至於她一下子還真的沒有想出來。

如今再定睛一看，貴妃娘娘當真美得不可方物，也怪不得能夠寵冠後宮，盛寵不衰。

張素素的眼神也看過去，一眼就看到了人群裡的李姝色，心中頓時慌亂起來，上前拉著貴妃的袖子，喊了聲。「娘。」

貴妃回過神來，看向張素素的臉，嘴角的笑容收起幾分。

這時，張二叔乘機道：「娘娘，素素從未去過京城，也從未離開過我們老倆口這麼長時間，還望娘娘恩准，能允許我們陪同她上京，親眼看著她安頓下來。」

這宮裡的娘娘也是小氣，好說歹說就是不鬆口讓他們一家同去京城的事，只拿些禮物打發他們這些年對素素的養育之恩。

不就是些鮑參翅肚、鳳髓龍肝之類的吃食，還有賞一些金銀珠玉、釵環衣料之類。

他們送出去一個女兒，要的可不僅僅是這些東西。

貴妃眼瞧著別有用心的張家人，眼中眸光微變，卻讓人輕易察覺不出來，她開口道：

「好，本宮准了。」

張家人面上止不住的喜悅。他們等這一刻等了近兩個月，提心弔膽，害怕宮裡不來人，害怕他們的期盼是一場空。

此刻，願望成真，倒有幾分不真實感。

直到貴妃開口。「你們先好好收拾東西，等一下隨本宮的馬車一起走。」

張二叔躬身行禮道：「是，貴妃娘娘。」

張素素知道所有的行李早就收拾好了，現在只需裝裝樣子，隨便收拾幾件衣服即可。

她鬆開貴妃的袖子，嬌聲道：「娘，您等我一會兒，我也去收拾下。」

貴妃嘴角一揚，拍了拍她的腦袋，語氣溫柔地道：「乖，去吧，母妃等著妳。」

張素素暗暗記下，今後進宮，可不能叫娘，要叫母妃。

貴妃等張家一家人進門，嘴角的笑容逐漸拉平，眼神不受控制地往李姝色所站方向看去。

卻沒有看到人。

貴妃急道：「花嬤嬤。」

花嬤嬤上前攙扶她的手臂，問：「怎麼了，娘娘？」

貴妃面露失望，有些疲憊地道：「無事，扶本宮進車裡歇會兒。」

花嬤嬤將貴妃扶上馬車，這馬車外觀精緻，裡面也是別有洞天，一應日常需要用到的東沒？」

西都有，真可謂是麻雀雖小，五臟俱全。

一關上車門，貴妃就拉著花嬤嬤的手，急道：「那個孩子，那個孩子，妳剛剛看到了

花嬤嬤知道她說的是誰，回道：「奴婢看到了，與娘娘十幾歲時長得很像。」

貴妃的眼睛瞬間紅了。「她才是本宮的孩兒，她才是本宮的小公主啊！」

聽她這麼說，花嬤嬤很是不解。「娘娘既然看出張素素冒名頂替公主，又認出了公主，不如現在就治罪張家，並且認回小公主？」

貴妃的淚水盈滿眼眶，欲墜不墜的，任誰看了都心疼。

她咬著下唇，固執道：「不可。」

花嬤嬤詫異。「這是為何？」

貴妃用帕子擦了擦眼角的淚水，平復心緒分析道：「嬤嬤，妳以為憑張家就可以瞞天過海，冒名頂替小公主？呵，借他們十個膽都不夠，他們背後有人。」

花嬤嬤眉頭一皺。「娘娘您的意思是……」

貴妃的語氣冷了下來。「他們一家子想來京城，本宮成全他們又如何？放在眼皮子底下，還怕他們翻出什麼花來嗎？」

花嬤嬤有些了然。「原來娘娘剛剛的拒絕是作戲給他們看的。」

「是啊，」貴妃冷笑。「本宮剛找回『女兒』，自然希望快速培養感情，又怎麼容忍她

的養父、養母在身邊呢？」

「娘娘英明。」

貴妃又道：「本宮還不能認回小公主，宮中形勢不明，皇后步步緊逼，二皇子也大了，陛下如今為外戚干政的事煩憂不已，所以現在還不是接回她的好時機。」

她的眼神逐漸堅定。「等本宮蕩平後宮一切阻礙，再風風光光地接回她，讓她當一輩子無憂無慮的小公主。」

花嬤嬤嘆息。「娘娘實在是太苦了，明明小公主就在眼前，卻被迫不能相認。」

貴妃腦中閃過剛剛張家人貪得無厭的樣子，冷哼。「既然有人樂意做這個靶子，本宮也樂意成全。不就是鬥嘛，本宮十四歲進宮，十六歲誕下小公主，如今而立之年，在鬥一字上，還沒有怕過誰！」

花嬤嬤心疼地握著貴妃的手，道：「奴婢就是心疼您，這樣的日子什麼時候才是個頭？」

貴妃眼露精光。「既然他們已經插手小公主的事，我們就將計就計，到了本宮宮裡，生死還不是拿捏在本宮手裡？不就是幾個村民，本宮難道還怕了不成？」

她又想到剛剛看見的臉，反抓住花嬤嬤的手說：「本宮剛剛瞧小公主，清瘦得不成樣子，本宮心疼極了，妳說是不是她的養父、養母對她不好？」

花嬤嬤也是第一次見李姝色，可不敢隨意猜測。「要不，奴婢派人查查？」

「查肯定是要查的，但是要私下，千萬別驚動了人，否則本宮演這一齣就得不償失了。」貴妃道。

花嬤嬤點頭，表示自己知道輕重。

而就在這時，外面突然響起了一道驚呼聲。

第二十八章　逗弄

李姝色本來看了一眼貴妃，又有些貪戀地看上幾眼後，便打算回去了。

沒想到身旁的沈母不知被誰推了下，摔倒在地上，她和沈父立馬去攙扶她。

畢竟這裡人多，要是被踩傷可就不妙了。

等把沈母攙扶起來的時候，卻見貴妃娘娘已經往馬車方向走了。

李姝色心道，大約是要回宮了吧，就是不知何時才能再見到美人娘娘了。

經過這一摔，沈父、沈母也沒了看熱鬧的心思，便打算回家。

而就在他們剛擠著人群要離開的時候，身後傳來俏生生的一道聲音。「沈叔，嬸嬸，你們也在啊。」

是張素素的聲音，他們一家三口一起回頭。

見張素素朝他們這邊走來，周圍的村民紛紛給她讓道，畢竟她不是村姑張素素，而是公主了！

況且，她身邊還跟著位俊美男子，他面無表情，看起來就不好惹的樣子。

張素素和遙祝認識，所以就接受了他隨身伺候她的這個安排，本來還有些害怕男女大防，但是一聽他居然是個太監，還是貴妃在她未出生時就挑選好的，便坦然接受了。

也不知是不是身分改變的緣故，張素素面上比之前更多了幾分疏離與冷漠，若是再換上宮裝，真像是個公主了。

她走到他們跟前站定，吩咐道：「遙祝，將人參拿過來。」

遙祝聞言，將手裡的盒子捧過來。

張素素接過，笑咪咪地朝著沈父、沈母開口。「沈叔，嬸嬸，這麼多年你們一直很照顧我，如今我即將回京，這點心意還請你們收下。」

沈父急忙擺手。「不用、不用，素素妳家也幫助叔叔家很多，叔叔沒那個臉收。」

張素素卻道：「叔叔，這個人參，聽母妃身邊的嬤嬤說是五百年的，最是滋補身子，你可以收下，以後說不定能用到。」

母妃？

剛相認就喚做母妃了？全然不顧張二嬸子照顧她這麼多年的情分？想來，二嬸子對她也不差，也是當自家親生女兒看待的。

就是不知，是那美人娘娘魅力大，還是權力誘惑更大，才使得她這麼快就改口，彷彿根本不需要適應的時間。

李姝色挑眉，正想著，又聽到張素素說：「李姝色，還愣著做什麼？過來接啊。」

這種施捨的語氣真的讓人心生不喜，況且她們兩個本來就從小不對盤。

但話說回來，她一個老阿姨，總不能跟個十幾歲的小姑娘計較吧？

子。

而且，這人參在關鍵時刻是能救人性命的。她見沈父沒有再推辭，便上前一步要接過盒子。

沒想到下一秒，盒子直直落到地上，啪嗒一聲，蓋子掀開，露出幾根人參鬚。

張素素像是被嚇到，捂住嘴「哎呀」了聲，惱道：「李姝色，我知道妳向來與我不和，但這是宮裡賜的人參，妳這麼做怕是對我母妃不敬吧？」

沈父、沈母都一臉震驚地看向張素素。

怎麼會這樣？

李姝色也不知道這盒子怎麼就脫手了，但是給她扣這麼大一頂帽子，也有些不合適吧？她怎麼就對那位美人娘娘不敬了？她可喜歡盯著那美人娘娘看了。

李姝色知道張素素這時氣盛，況且剛成為公主，正是鋒芒畢露的時候，又有心想要整治她。

她一個什麼背景都沒有的農家女，能怎麼做？

李姝色只能蹲下將盒子的蓋子蓋好，隨後拍拍上面的塵土，恭敬道：「謝公主賞賜，民婦就替公婆收下了。」

張素素自然不會這麼輕易地就放過她，而是問遙祝。「你說，對母妃不敬要受什麼懲罰？」

遙祝看了一眼李姝色，僅猶豫了下，便張口道：「對貴妃娘娘不敬，輕則……」

他的話還沒有說完，就被來人打斷。「何人敢對本宮不敬？」

貴妃娉婷身形款款走過來，靠得近了些，更能聞到她身上的香味，清新淡雅，李姝色一下子就愛上了。

貴妃聽到驚呼聲就連忙從車窗往外探頭看去，在黑壓壓的人群中看到了一抹熟悉的身影。

她居然還沒有離開？

貴妃心頭一喜，連忙下車，花嬤嬤也是寸步不離地跟上。

花嬤嬤心道，之前貴妃還說什麼不能相認，即使心裡清楚，但是面上仍要裝作不知。但是一看到小公主的身影，就立馬走得比誰都快。

可見啊，什麼理智都比不過真情流露。

貴妃還沒走近，就聽到張素素的話，問遙祝對她不敬是個什麼後果。

遙祝那孩子也是個蠢的，死心眼，她問什麼，他就要答什麼。

要是真傷到了她的小公主，看她不撕了他們的嘴！

護女心切的貴妃走過來，臉上有股風雨欲來之感。

她突然散發的威嚴，使得周圍所有人都安靜下來。

原來貴妃娘娘發起威來，竟是如此讓人難以招架啊！

小人得志，說的就是眼前的張素素。

在這古代，皇權大於天，正所謂天子一怒，浮屍萬里，還有一句，民不與官鬥，由此可見，小老百姓在權貴面前的地位，卑微如螻蟻，渺小如蜉蝣，否則也不會有什麼，君要臣死，臣不得不死之言。

如今張素素以天家之威來懲戒她，她又待如何？不服也得憋著。因著這裡是階級劃分嚴格的古代，在這裡人是要分三六九等的。

張素素如此急不可待，恐怕也是算準了今後她回京，就再也見不到李姝色，怎麼能不抓住這即將要走的時候，發洩心中多年來的惡氣呢？

狐假虎威罷了，還將剛認的美人娘娘拉上，實在是愚蠢至極。

美人娘娘若是知道，她剛認的女兒正扯著她的大旗作威作福，不知心中是做何感想？

李姝色的思緒七拐八彎的，還沒尋到個能應付的策略，就聽到美人娘娘的聲音帶著火氣，她的心也跟著忐忑起來。

這位美人娘娘要是執意為張素素撐腰，可就不好辦了，她非得要挨頓板子不可。

真是美色誤人，若不是為了多看美人娘娘幾眼，她早就回家去了，也不會被張素素逮著，遭這無妄之災。

沈父率先白著臉說：「娘娘，小女手滑，不小心將這人參落在地上，還望娘娘看在小女還小的分上，就饒恕她這一回吧！」

沈母也急著說：「是啊，尊貴的貴妃娘娘，我們都是鄉下人不懂規矩，還請您饒恕我家小女這一回，我這就給您磕頭了。」

她說著，就匆匆忙忙地跪下，誰也沒有攔住，沈父也跟著跪下。

李姝色見狀，心頭湧起暖流，關鍵時刻就知道身邊人對自己是什麼心思，爹娘還是一如既往地護著她。

她也捧著人參盒，跟著跪下道：「還請娘娘恕罪。」

貴妃的火氣一下子就滅了，心頭熱熱的，就要走上前扶起李姝色。

花嬤嬤眼尖，一把拉住貴妃的袖子，提醒她道：「娘娘，不就是個人參？不值得您生氣。」

貴妃吐出一口氣，讓自己的臉上緩和下來，溫和道：「本宮不欲計較，你們都起來吧。」

「謝娘娘。」一家三口異口同聲。

貴妃看了沈父、沈母一眼，見這對夫妻如此維護她家小公主的樣子，想來小公主在他們家不會受罪，長得如此瘦弱，估計是太過貧窮的緣故。

貴妃恨不得將世界上所有好吃的、補身子的食物，都捧到小公主面前，把她養得圓滾滾的才好。

貴妃開口問李姝色。「妳叫什麼名字？他們是妳的爹娘？」

李姝色見美人娘娘說話溫柔，沒有半分怪罪之意，心裡的石頭便落了下來，想來美人娘娘也是顧惜自己名聲的，於是恭敬地答道：「民婦李姝色，這二位既是民婦的養父母，也是民婦的公婆。」

貴妃臉上露出震驚之色，說話都有些抖。「妳……妳成親了？」

花嬤嬤緊了緊貴妃的手臂，示意她淡定不要失態。

她怎麼能夠淡定，她簡直快要吐血了！

她的小公主還這麼小，居然就成親了！也不知道是哪個渾小子，將她的小公主給騙了去！

李姝色不明白貴妃娘娘為何如此震驚，想來古人成親早，她這麼小嫁人也不是稀罕事吧？

「是的。」

貴妃咬牙。「妳相公呢？」

李姝色有些疑惑地抬眸。「在家溫書，夫君即將秋闈，正是埋頭苦讀之際。」

還好，是個讀書人，以後若是讀出點名堂來，也不算埋沒了她家小公主。

貴妃心痛至極，也只能如此安慰自己了。

張素素見她們這一問一答，聊到沈峭頭上，有心想要讓沈峭在貴妃面前露個臉，便開口道：「母妃，他叫沈峭，是個讀書的料子，村裡獨一個的秀才！」

說完，隱隱又有些後悔，雖然秀才在鍾毓村不常見，但是這身分在京城根本不算什麼，更不可能入得了眼界高的貴妃娘娘眼裡了。

貴妃沈晬。

叫沈峭？好，本宮記住了！

貴妃瞧著李姝色的身子實在太過瘦弱，有心想要賞她些什麼，但見她手裡還捧著個盒子，想到一下子恩賞太過，會惹人注目，便歇了大賞的心思。於是，向她招了招手。「妳上前來。」

李姝色聞言，有些不明所以地上前兩步，走到她跟前。

貴妃娘娘身上好香，又透著一股溫暖的味道，與原著中描寫的妖妃形象相去甚遠。

貴妃從頭上拿下一根玉簪，插在李姝色頭上，柔聲道：「本宮與妳有緣，這根簪子便贈與妳，權當是本宮給妳的見面禮。」

李姝色離她如此近，旁人看著她們的側臉，心中暗道，怎麼感覺好像？

看起來倒比名正言順的張素素，還要與貴妃相像。

但是，沒人敢說出來，除非不要命了。

美人娘娘給她簪子了！

李姝色心中有些雀躍地道：「謝娘娘賞，民婦一定好好保管它。」

貴妃玉手戀戀不捨地離開她的頭髮。

本宮的孩子啊……

張素素見她們之間的氛圍有些不對勁，便開口道：「母妃，我的行李已經收拾好了，我們出發吧。」

這就要離開了？

貴妃按捺住心中不捨，有些失落地「嗯」了聲。

回去的路上，所有人都在討論這件曠古未聞的大事。

誰能想到，他們這山溝裡居然還能出個金鳳凰？

李姝色走在路上，也聽見沈父、沈母在議論。「沒想到我們看著長大的素素，居然是流落民間的公主。」

「張二哥他們兩口子嘴巴太嚴，這麼多年硬是沒有透露出半點風聲。」

「誰說不是呢。想來也是天意，讓我和張二哥救了那叫遙祝的，素素的公主身分這才能被人知道。」

「也不知道遙祝怎麼認出素素的？」

「誰知道呢？只是以後與張二哥一家相見，就不知道是何時了。」

是啊，張二叔一家現在舉家遷去京城，想來這輩子都不一定會再回來。

身分跟之前也不一樣，可是公主的養父母，也算是公主的半個家人，想來陛下和娘娘也不會虧待他們。

一路談論到家，沈峭聽到動靜放下書，走了出來，看見他們三人一同回來，便有些好奇地問：「發生什麼事了，好生熱鬧？」

李姝色沒說話，直直路過沈峭身邊，拿著人參盒子走進屋。

她不想說話！一想到沈峭的命定之人是張素素，他們按照原著走向，還會一同殺害她，她怎麼能夠不心堵呢！

怪不得，即使沈峭高中狀元，怎麼公主就百般求嫁，還不惜去請陛下聖旨？原來其中關鍵在這裡，他們兩個早就認識！

若不是她這個原配，他們估計早就在一起了。

如今回京，不只有張二叔一家，連帶著沈峭或許也能去也不一定。

李姝色越想越心堵，索性放下人參盒子，躲進了房間。

明顯感覺到她情緒低落的沈峭，連忙求助地看向爹娘。「這是怎麼了？」

沈父、沈母將事情給說了遍，隨後沈母說：「色兒怕是被嚇到了吧。素素也不知道是怎麼了，竟然說那樣的話，差點害色兒吃了苦頭。」

沈父也道：「是啊。如今素素飛上枝頭變鳳凰，估計色兒心裡也不是滋味，畢竟她們倆從小就不和，你還是去看看吧。」

沈父以為，李姝色是因為嫉妒而面露不快，恨自己沒有素素那般的公主命。

其實不然，沈峭知道，如今的李姝色才不會在乎這點小事。

她的心裡，應該是另有其事。

李姝色聽見沈峭進門的動靜，坐上床上的身子往裡歪了歪，面無表情地道：「夫君現在應該很後悔吧？」

沈峭有些摸不著頭腦地問：「為何？」

呵，跟她裝傻呢！

她沒好氣地道：「張素素可是公主。」

沈峭更加疑惑。「她是公主又如何？」

李姝色一下子站起身，聲音拔高了點。「若夫君當初娶的不是我，而是張素素，那麼你如今可就是名正言順的駙馬爺了！」

原來她是為這件事生悶氣？

沈峭哂笑。「哦。」

就一個「哦」字？可見，是認同她說的話。

李姝色氣極。「現在後悔也晚了，你娶的是我，沒了尚公主的機會。」

沈峭表情不變。「哦。」

又是一個「哦」字？

李姝色不滿地瞪他一眼。

沈峭緊接著，語氣慢悠悠地問：「娘子，妳這是在吃醋？」

李姝色心裡莫名其妙的火氣被他一句話澆滅，連忙再三否認。「我不是，我沒有，你別胡說。」

沈峭只當她是害羞，故意逗她。「這麼一說，好像為夫真的有些虧大了。」

李姝色被澆滅的怒火倏地一下子又上來了，眼睛都要冒火了，氣道：「你現在後悔也晚了，張素素的馬車已經離開村口，你兩條腿如何能追得上人家馬車的四條腿？」

她這吃醋的樣子，生動好看，沈峭的內心軟得一塌糊塗，恨不得上前抱她。

但是又怕唐突佳人，這幾天為了上次吻她的事，晚上她都可以躲著他睡呢。

沈峭無所謂地道：「追不上就不追了。」

李姝色聞言，心中火氣更甚。

怎麼？是想等以後去京城考試，和張素素再續前緣？

她賺的銀子，居然給他們今後相聚做了嫁衣？

李姝色臉色頓時有些不好看，重重「哼」了聲。

沈峭看她這副樣子，心中暗道聲不好，逗弄過頭了？

的確是逗弄過頭了，晚飯時，李姝色就沒有給過他好臉色。

連沈父、沈母都看出來了，但是他們也不會偏袒誰，該吃飯的吃飯，挾菜的挾菜。

沈母還瞪了沈峭一眼，不是讓他哄人的嗎？怎麼越哄越糟，會不會哄人？

沈峭認栽，他也是頭一次逗弄人，沒有把握好分寸，竟惹人生氣了。

其實也不能完全怪沈峭，畢竟李姝色知道之後的劇情發展，心裡嘔著口氣呢，又聽到他說那樣的話，難免會多想。

沈母不捨得吃肉，就往李姝色的碗裡挾，這次倒沒有顧著親兒子，可見親娘心裡也是有些不待見他。

沈峭心裡無奈嘆氣，看來得想個法子，好好哄一哄才是。

飯後，李姝色幫著沈母洗碗，卻見沈峭在旁生火，拿水壺往鍋裡面加水。

他這是要燒水？

她眼神瞟過去，正巧對上他的視線，她立馬別過頭去，不樂意搭理他。

沈母心裡跟明鏡似的，看見他們兩夫妻又鬧起彆扭，心裡偷著樂。

正所謂，感情越吵越好，感情好起來，她的大孫子還遠嗎？

最好是，床頭吵、床尾和，不消說，只一個晚上，他們明早就和好了。

李姝色回屋後將美人娘娘賜的玉簪收好，剛坐到床上不久，就聽到銅盆裡的水聲，偏頭一看，是沈峭接了盆水進來。

她瞟一眼，收回視線。

這人，還說喜歡她。哦，不對，沒說喜歡她，說要讓她當大官夫人。

真是可惡，不喜歡她，還吻她，大晚上還非要抱著她睡！

李姝色越想越氣，索性就脫了鞋子躺上床，不再瞧他一眼。

這時，她聽到銅盆在床前放下的聲音，下一秒，她的腳踝被人抓住。

她嚇了一大跳，連忙坐起身子，問：「你這是做什麼？」

沈峭耳尖有些發紅。「給妳洗腳。」

啥？李姝色以為自己幻聽了……

他剛剛說，要給她洗腳?!

沒錯，沈峭要給她洗腳。

猶記當初兩人剛從縣衙回來的時候，李姝色打水給他泡腳，那個時候，她不好好洗腳，晃動腳丫，把水給濺出來。

當時，他讓她好好洗，她還不安分地朝他的洗腳盆伸出腳。他猜中她的意圖，壓住她的腳，她哭著說疼，還表示若是他能替她洗，她就能好好洗。

所以思來想去，他覺得還是這個方法能夠哄好她。

李姝色還處在震驚中，直到雙腳被放進水盆裡，她才知道，他說的是真的！

他是認真要給她洗腳。

記得上次，他回了兩個字「作夢」。

這夢這麼快就成真了？

想來，他是真心喜歡自己的吧……

李姝色因為被沈父、沈母寵著，從小就沒幹過農活，所以一雙腳細嫩白皙，指甲圓潤，透著粉色，瞧著甚是可愛。

沈峭大手握著她的腳，幾乎能完全握住，也不敢使多大的勁，像是對待易碎瓷器似的。

他半蹲在她面前，洗腳就拿出洗腳的態度，一點點地摩挲擦洗，毫不含糊。

李姝色愣完之後，發現他已經開始洗了，想要收回腳也已經太晚。

況且他是頭一次幫人洗腳嗎？怎地如此舒服……

李姝色不由得瞇起眼睛享受著，但是一想到日後他會尚公主，心裡還是不大舒服。

於是，她便道：「說當什麼駙馬？你知道嗎，聽說駙馬都過得不好，連尋常男子都不如。」

他頭也不抬地問：「為何？」

李姝色繼續恐嚇。「天天要向公主請安不說，給公主暖床也就罷了，還要天天晚上替公主洗腳！」

嘿嘿，就問你怕不怕，天天給公主洗腳。

李姝色得意地在水中擺動腳丫，卻被他一把抓住。

他驀然抬頭問：「是嗎？」

李姝色一驚，好像……她多說了個洗腳？

畢竟，洗腳這事好像與尚公主沒多大關係。

但是話既然已經說出口，也不能收回，她臉不紅、心不跳地點頭。

沈峭彎唇道：「尚公主與我何干？我娶的又不是公主，是妳。」

李姝色聞言沒忍住，「噗哧」樂出了聲。隨後又仰頭躺在床鋪上，有些害羞地伸手捂住了臉。

是啊，他娶的是她！

——未完，待續，請看文創風1218《夫君別作妖》2

2023年12月出版

村裡來了女廚神

文創風 1215~1216

只要花點心思，小本經營也能成就大事業！
拿不出一大筆錢做生意根本沒什麼大不了的，
看她展現二十一世紀的思維，在古代餐飲市場引發一場革命……

恬淡暖心描繪專家／予恬

穿越到一個五穀不分、被當成膿包的女人身上，
宋寧真的是不知道該感謝老天仁慈，讓她有機會重活一回，
還是埋怨上蒼實在對她太殘忍，竟要在別人厭惡的眼光中生活。
也罷，既來之則安之，既然回不了現代，
不如老老實實當她的農家媳婦，順便做點吃食買賣補貼家用，
瞧她轉轉腦、動動手，白花花的銀子就飛進口袋啦！
只是生意雖然做得風生水起，宋寧卻始終猜不透丈夫的心，
畢竟他們兩個人不過是奉父母之命成親，
像杜蘅這般外貌、身材跟頭腦皆屬頂尖又知書達禮的男子，
真的願意跟她這平凡無奇的女子廝守一生嗎？

2023年12月出版

醫妻獨大

文創風 1212～1214

她允諾醫治他，他則答應入贅，待傷癒就離開，
小倆口過起假夫妻的生活，由她這一家之主獨力負責養家，
她一邊開藥膳湯舖及醫館賺錢，一邊為人治病積攢功德，
直至他皇子身分揭曉的一刻，她才看見他頭頂上赫然出現一條黑龍，
此行她要渡的劫便是「黑龍禍世」，莫非……這黑龍指的就是他？

君子論跡不論心，論心世上無完人／踏枝

江月是孤兒出身，偶然間被師尊撿回家收養才沾上了仙緣，
身為靈虛界的一名醫修，她天分佳又肯努力，修為在二十歲時達到高峰，
但隨著年齡漸長，她的修為卻不升反降，師尊擔心地尋來大師為她卜卦，
大師說她得去小世界歷劫，修為才能再升，於是師尊就揮揮衣袖送走她，
豈料她竟附身在山上洞穴裡一個剛因病殞命、與她同名同姓的少女身上！
原身之父是藥材商人，日前運送一批貴重藥材時遇山匪搶劫，不治身亡，
由於原身是獨生女，傷心過後便與柔弱的母親一同為江父操辦起身後事，
那夜挨著感情甚篤的堂姊一起燒紙錢時，原身因身子撐不住便打起瞌睡，
半夢半醒間，原身突然往火盆栽去，幸好堂姊出手相救，卻燙傷了自個兒，
愧疚的原身得知山裡有個隱世的醫仙門，遂帶著丫鬟想去求醫診治堂姊，
哪知上山不久竟遇暴雨，丫鬟下山求救，發高燒的原身則在洞內躲雨直至病逝，
然後，一身靈力消失、只剩高超醫術的她就取代了原身……這下該怎麼辦？
且眼下最棘手的是，她聽見了山洞外響起此起彼伏的狼嚎聲！
正當她擔憂之際，洞裡又進來個血流不止的少年，血腥味引得狼群更加接近！
老天，她不會才剛來這世間，一條小命就要交代在狼群的肚子裡吧？

2023年11月出版

國師的愛徒

文創風 1210～1211

她桃曉燕是誰？她可是集團總裁、是商界的女強人！
當初為了成為接班人，她鬥得你死我活，好不容易爬上總裁的位置，
卻沒想到一場意外，讓她一睜眼就來到古代！
這裡啥都沒有，她一個小女子還得想著先保命，
她想念她的房地產、股票和基金，還想念滑手機的日子啊嗚嗚～～

趣中藏情，歡喜解憂／莫顏

司徒青染身分高貴，乃大靖的國師，受世人膜拜景仰。
他氣度如仙，威儀冷傲，連皇帝也要敬他三分。
他法力高強，妖魔避他如神，唯獨一個女妖例外。
這女妖很奇怪，沒有半點法力，卻不受他的法術控制，
別的妖吃人吸血，她獨愛吃美食甜點，
別的妖見到他就繞道走，她是遇到麻煩盡往他身後躲，
還死皮賴臉喊他師父，逢人便稱想巴結的找她，要報仇的找她師父。
如此囂張厚顏，此妖不收還真不行。
「妳從哪裡來？」司徒青染問。
桃曉燕笑嘻嘻地回答。「我那兒跟你們這裡完全不一樣，高級多了。」
「何謂高級？」
「有網路，有飛機，還有各種科技產品。」
司徒青染冰冷地警告。「說人話。」
桃曉燕立即諂媚討好。「有千里傳音，有飛天祥雲，還有各種神通法寶。」
「那是仙界，妳身分低賤，不可能去。」
「……」誰低賤了，你個死宅男，這種跨界的代溝最討厭了！

為流浪貓狗加油 和貓寶貝 狗寶貝

廝守終生(一定要終生喔！)的幸福機會

對人來說，貓寶貝狗寶貝只是生活的一部分，但妳（你）對牠們來說，卻是生活的全部，領養前請一定要考慮清楚——

▲ 文靜的俏妹子——小喇叭

性　　別：女生

品　　種：米克斯

年　　紀：3歲

個　　性：慢熟文靜

健康狀況：已結紮，已完成洗牙，愛滋白血陰性

目前住所：台中市西屯區（中途之家）

本期資料來源：洪多多小姐

『小喇叭』的故事：

今年初剛搬入小村，村內非常多貓群，居民大多是阿公阿嬤，他們會放廚餘給貓群，而貓群對新住戶都非常警戒。經歷了兩個多月的餵食，一隻我們平時熟識的貓咪「大喇叭」〈因天生發不出喵叫聲，再激動也只有哈氣音〉帶著新貓咪出現了，於是直接為牠取名為「小喇叭」。

直到某天，觀察到小喇叭的肚子變大了，還在機車座椅及牠的屁股上發現血跡，我們只好求助中途，所幸遇上洪小姐，願意接納小喇叭待產。隨後小喇叭生下四個孩子，但或許是在外流浪時吃得不營養，以致奶水不足，其中兩個孩子因為有先天缺陷而不幸離開了。

小喇叭是慢熟型貓咪，面對陌生人不太會互動，偶爾也會玩玩具，但只要拿出蝦子或是鮮食就會對人非常熱絡，或許是小時候只能吃廚餘，因而對鮮食情有獨鍾；所以希望能夠找個有耐心陪伴牠，偶爾煮些鮮食鼓勵牠的爸爸媽媽。

擄獲小喇叭的芳心就是這麼簡單，只要您準備好溫暖的家，準爸爸媽媽便可在臉書搜尋洪小姐，或是加Line ID：dhn0131，用一隻蝦子帶領小喇叭在未來的日子裡歡快喵嗚～～

認養資格：

1. 認養人一旦認養，須負擔部分醫療費，並繳交半年期追蹤保證金，回報正常且確認無誤後，會歸還保證金。
2. 須同意簽認養寵物切結書。
3. 須同意送養人日後之追蹤探訪，對待小喇叭不離不棄。

來信請說明：

a. 個人基本資料：姓名、性別、年齡、家庭狀況、職業與經濟來源等。
b. 想認養小喇叭的理由。
c. 過去養寵物的經驗，及簡介一下您的飼養環境。
d. 若未來有結婚、懷孕、出國或搬家等計劃，將如何安置小喇叭？

1217

夫君別作妖 1

國家圖書館出版品預行編目資料

夫君別作妖 / 霧雪燼著. --
初版. -- 臺北市 : 狗屋出版社有限公司, 2023.12
冊 ; 公分. --（文創風 ; 1217-1219）
ISBN 978-986-509-478-2（第1冊 : 平裝）. --

857.7　　　　112017985

著作者　霧雪燼
編輯　黃鈺菁
校對　沈毓萍
發行所　狗屋出版社有限公司
地址　台北市104中山區龍江路71巷15號1樓
電話　02-2776-5889～0
發行字號　局版台業字845號
法律顧問　蕭雄淋律師
總經銷　知遠文化事業有限公司
電話　02-2664-8800
初版　2023年12月
國際書碼　ISBN-13　978-986-509-478-2

本著作物由北京晉江原創網絡科技有限公司授權出版

定價290元
狗屋劃撥帳號：19001626
網址：love.doghouse.com.tw　E-mail：love@doghouse.com.tw